正义篇

画上的中华经典故事

遗·年画读书课系列

沈泓　王本华 ◎ 主编

编委会成员：

曹眍、崔菲、段承校、连中国、万珺、王晓艺、
吴涛、萧明光、许迎迎、张莹莹

△ 海天出版社（中国·深圳）

图书在版编目（CIP）数据

年画上的中华经典故事·正义篇 / 沈泓，王本华主
编. — 深圳：海天出版社，2017.3（2018.8重印）
（非遗·年画读书课系列）
ISBN 978-7-5507-1806-7

Ⅰ．①年… Ⅱ．①沈… ②王… Ⅲ．①民间故事—作
品集—中国 Ⅳ．①I277.3

中国版本图书馆CIP数据核字(2016)第268027号

年画上的中华经典故事·正义篇
NIANHUA SHANG DE ZHONGHUA JINGDIAN GUSHI ZHENGYI PIAN

出 品 人　聂雄前
责任编辑　许全军　童　芳
责任校对　付方赞
责任技编　梁立新
装帧设计　知行格致

出版发行　海天出版社
地　　址　深圳市彩田南路海天综合大厦7～8层（518033）
网　　址　http://www.htph.com.cn
订购电话　0755-83460397（批发）　83460239（邮购）
设计制作　深圳市知行格致文化传播有限公司　Tel：0755-83464427
印　　刷　深圳市福圣印刷有限公司
开　　本　889mm×1194mm 1/32
印　　张　7.5
字　　数　131千字
版　　次　2017年3月第1版
印　　次　2018年8月第2次
印　　数　4001～9000册
定　　价　39.80元

序

年画，顾名思义，就是过年（春节）时张贴的画。20世纪六七十年代以前出生的人，特别是生活在广大农村地区的民众，对年画应该非常熟悉。富贵娃娃、吉祥狮虎、祥瑞牡丹、神话故事、历史人物等，栩栩如生的形象寄托着人们的美好愿望，伴随着人们的永久记忆。

年画反映着民间的生活风俗、人们的虔诚信仰、古老的神话传说和悠久的历史传承，其中包蕴着丰厚的中华优秀传统文化经典故事。海天出版社决定将这些经典故事分门别类，结集出版，既是保存非物质文化遗产的需要，同时也是从中挖掘传统文化精髓，传承和弘扬中华优秀传统文化的重要举措。

这套"非遗·年画读书课系列"共六册，每册一个主题，分别为仁爱、民本、诚信、正义、和合以及大同。丛书中的年画均源自沈泓编著的"非遗·中国年画经典系列"，遴选工作也由沈泓先生亲自完成。沈泓多年致力于中国年画的考察、保护和抢救工作，整理了大量与年画有关的资料，撰写和出版了很多相关方面的文章和专著，是"中国收藏木版年画最多的收藏家"，也是"写作出版年画专著最多的学者"（孙建君语，他是中国非物质文化遗产保护工作专家委员会委员）。由于他在这方面的众多成果和突出贡献，所遴选的年画基本上具有极大的代表性和典型性。这一点，我们翻开每一册书就可以感受到。

这套丛书除了年画部分，更重要的是与年画相关的经典故事的讲述，以及相关优秀传统文化教育价值的挖掘和阐释，其中特别值得关注的是与中小学基础教育的结合。这部分工作主要由中国教育学会中学语文教学专业委员会（以下简称"中语专委会"）组织相关人员完成。

中语专委会成立于1979年，是教育部门最早成立的学会组织之一。在将近40年的发展历程中，在吕叔湘、刘国正、张鸿苓等前辈的努力下，中语专委会团结了一大批语文教育研究者和工作者，逐步形成了"以研究学术立会、以服务教师为本、为语文教育建言献策"的发展理念，在业内具有极大的影响力。该套丛书的撰写工作，中语专委会主要邀请了北京、广东、江苏等地的优秀教师以及人民教育出版社的部分语文教材编写人员共同参与完成。他们在繁忙的工作之余爬梳整理，认真选择，精心撰写，以飨读者。本套丛书每册包括若干章节，大多数章节由三部分组成。一是"来龙去脉",围绕主题讲述故事始末、渊源、发展和变迁等,既尊重历史又注重趣味,力求让读者在活泼有趣的语言叙述中感受传统文化的价值和魅力。二是"知识广角",是对故事的扩展、延伸、迁移,有的是相关故事,也有的是与故事或主题相关的文学作品、其他知识等;如果是文学作品,还会附一定的赏析文字,广博的视野更能激发读者的阅读兴趣。三是"点悟·絮语",简要阐释年画主题在现代社会的意义,对个人自身的引导,从而对传统文化去芜存菁,既弘扬了中华优秀传统文化的主流价值,又使广大读者,特别是青少年读者从中受到熏陶,得到教益。

众所周知,2013年11月,党的十八届三中全会提出"完善中华优秀传统文化教育"的命题;2014年3月,教育部颁布《完善中华优秀传统文化教育指导纲要》;同年教师节期间,习近平总书记看望北师大师生时指出"应该把这些经典(指传统文化经典)嵌在学生的脑子里,成为中华民族文化的基因"。这些都对传统文化教育提出了新的要求和挑战。特别是《完善中华优秀传统文化教育指导纲要》,从加强传统文化教育的基本原则、主要内容、学段安排、师资建设、实施保障等方面提出了指导性意见,将其作为贯彻党的十八大提出的"立德树人"的根本任务的重要举措,要求各级各类教育部门和单位贯彻落实执行。在这样的大形势下,以年画为纲，梳理其中蕴含的优秀传统文化教育的内涵和价值，其重要意义也就不言自明。

丛书即将付梓，特作此序！

中国教育学会中学语文教学专业委员会副理事长

王本华

2016 年 11 月

目　录

第一章　为民请命——包公的故事

第二章　驱邪逐魔——钟馗的故事

第三章　捉鬼英雄——神荼郁垒的故事

第四章　斩妖伏毒——张天师的故事

第五章　忠君保国——杨家将的故事

第六章　爱国正气——岳飞的故事

第七章　惩恶扬善——水浒豪杰的故事

第八章　智勇双全——齐天大圣的故事

年画上的
中华经典
故事
正义篇

第一章

为民请命

——包公的故事

来 龙 去 脉

生年好数字

包拯是谁？

作为文化图腾，包拯是中国历史上崇高正义的化身，刚直不阿的清官范本。对皇权来说，是一心不贰的忠臣；对百姓来说，是历代崇奉膜拜的青天明镜，是高坐庙阁之上、庇佑苍生的尊神威灵。

作为真实存在的历史人物，包拯就是包拯，北宋官员。依照官职称呼的惯例，因为他曾经担任过天章阁待制，人称"包待制"；后来提拔为龙图阁直学士，又称他"包龙图"。又因为廉洁公正、不攀附权贵，后世有"包青天"及"包公"的美名。本来他是富贵人家出身，理应是个白胖小子，而且又相传为文曲星转世，文曲星难道不应是斯文儒雅的谦谦君子吗？那么，形貌面相也应该清秀素净、肤白唇红呀！可他居然又有"包黑子""包黑炭"的笑谑。其黑面形象，就是铁面无私的标签。

包文正 / 凤翔年画

对这个后世高山仰止的人物，我们不妨拨开迷雾，从所有人都逃脱不了的生与死进入吧。按公元纪年，包拯出生在999年5月28日，有趣得很，他生活的这个时代，名臣辈出，一心以天下为己任的一代名臣范仲淹早他十年（989年），少小异质砸缸救人的司马光晚他二十年（1019年）。包拯死于1062年7月3日，享年六十四岁。他是汉族人，出生于宋庐州合肥（今属安徽），字希仁。包拯出生时没有所谓灵异现象，屋顶也没有祥云笼罩，落地的第一声啼哭，也听不出"开铡问斩"的威武与悚然。因出身于名门望族，又是单脉相传的独生子，自然没有后世编撰的兄嫂；他如同大多数的富贵公子一样，家境优裕，受过良好的教育，顺境成长，不曾遭遇大的坎坷曲折。

公子老宅男

因为受过正统的儒家教育，人伦孝道深入骨髓，包拯坚守传统，矢志不渝。一方面他胸怀远大，立志有为，二十八岁时在全国大考中了进士甲科，被任命为大理评事、建昌县（今江西永修）知县，一进到官宦队伍就是县衙门的"头儿"。另一方面他又遵循《论语》"父母在，不远游"的训诫，不愿远赴就任。包拯奏请皇上改任，以便他能够就近上

包拯 / 开封年画

任。得遂心愿后，包拯被改任一个肥差，管钱粮税收。但是，他的父母还是不情愿。于是包拯毅然舍弃功名利禄的追求，辞官不就，安心"宅"在家陪伴父母。这事放到现在，似乎不可理喻，可在重视孝道传统的宋朝则再寻常不过。直到父母先后离世，守丧期满，包拯方才听从同乡父老多次劝慰勉励，接受吏部调选，出外就职，正式踏上仕途，但这离他考中录取的时间，已经相隔十年之久，他已经三十八岁了。还是十年前的官位"知县"，不过，地点则是安徽天长。需要了解的常识是，按宋朝礼律，父母去世，其子必须守丧三年，即使在官府担任重要的职位，也得离职返乡守孝，否则就是大逆不道。所以，包拯青年时代最宝贵的十年光阴，确实是奉献给了孝道，算不得壮烈奇伟，不过是恪守儒家的社会伦理道德的本分而已。包拯不仅至孝，出道之后，更是以清廉著称。

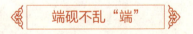

端砚不乱"端"

笔墨纸砚，在汉族传统文化中被誉为"文房四宝"。肇庆端砚与甘肃洮砚、安徽歙砚和山西澄泥砚齐名，并列为"中国四大名砚"。端砚位列四大名砚之首，最为人看重和称道。端砚历史悠久，古时已十分名贵。端砚的石质坚实优良、润滑娇嫩，雕工上乘，细腻而精美。作为书写工具，端砚研墨不滞，发墨快，墨汁细滑，书写流畅，不损笔毫，字迹颜色经久不变。宋朝著名诗人张九成曾由衷称赞："端溪古砚天下奇，紫花夜半吐虹霓。"

因此，端砚历来为文人士子寻觅与珍重，更成为宋朝当时士大夫们趋附的一种时髦，无论是当作摆放赏玩的珍宝，还是作为胜友高谈的雅器。这样的情形，导致凡在这里主政一方的官员，都不免变着法子，打着所谓"贡砚"的幌子，在规定的数量外，另外多加数十倍以上的数额，用来满足个人私欲，或者贿赂朝廷权贵，疏通往上"官"系。官衙横征暴敛，无耻搜刮，无疑加重了当地百姓的负担，引发民众的不满与怨恨。包拯后来担任端州的最高长官，清醒地看到了弊害，于是，大胆革除习以为常的"潜规则"，下令只能按规定数量生产，州县官员一律不准私自加码，违者重罚；并且郑重表态，自己作为"一把手"，当先以身作则，决不贪图私利。三年任期满后，包拯调返中央任职，两袖清风，史书记载"不持一砚归"。另据媒体报道，1973 年，合肥在发掘清理包拯墓时，在他及其子孙的墓中，发现了一方砚台，却是普通寻常之物，而非珍稀名贵的端砚。可见，历史的记述真实准确，没有粉饰造作。平心而论，包拯能在封建社会贪腐体制的烂泥潭里，做到

包拯

扶正除邪
保平安

泰運老店

包拯／开封年画

"出淤泥而不染"，确实难能可贵！

　　除了自我严格约束，他还给后代子孙留下遗训：当官从政，假若贪赃枉法，不得返回老家，死了不得葬入家族墓地。假若不听从他的意愿，就不是他的子孙。包拯虽然是富贵子弟出身，却能终生保持俭朴的生活习惯，即便后来高居京都，也没有丝毫改变。以至逝世后，仁宗皇帝听闻他"居家俭约，衣服器用饮食如初宦时"，也不禁感慨有加。还有个相关的传说，包拯六十寿辰时，再三吩咐家人一律不准收礼。想不到第一个来送寿礼的居然是当朝皇帝。负责送礼的太监知道即便皇恩浩荡，包拯也可能坚持原则而拒收。他担心不能完成任务，无法向皇上交差，便灵机一动，事先写好一首诗附上："道高德重一品卿，日夜操劳似魏徵。今日皇上把礼送，拒之门外理不通。"不收礼是不给皇帝面子，收了礼又破坏自己的规矩。机智灵敏的包公也蘸墨挥毫回敬，以诗拒礼："铁面无私丹心忠，做官最忌念叨功。操劳本是分内事，拒礼为开廉洁风。"

　　所以，他卒谥"孝肃"，名实相副，完全当得起。

包相府／佛山年画

不徇私情

包拯青年时期就崇尚"严于律己"的价值取向，洁身自好，并规范自己的行为方式。比如，他在二十三岁时，出任庐州知州的刘筠对其颇为推重嘉许，因此，同乡有一豪绅就想与他结交，约他见面叙谈，并特意设盛宴款待。他的一个同学按捺不住，洋洋自得，欣欣然打算前往赴约。可包拯不为所动，反而心生一份警惕。他一脸严肃地回拒，说："彼富人也，吾徒异日或守乡郡，今妄与之交，岂不为他日累乎。"他的这种近乎老于世故的忧患，并非全无道理，试想，世上哪有白吃的午餐，豪绅如此未雨绸缪地投资"潜力股"，谁能保证他不包藏私心，怀揣日后有利可图的觊觎？低微时被他笼络的读书士子，假如来日飞腾显达成为权贵，难道不是以十倍百倍甚至更高的筹码来回报昔日之恩吗？自然，包拯这种违逆世俗常规所谓的"给脸不要脸"的拒绝，也使别人对他有不善交往、人缘不好的诟病与责难。《宋史·包拯传》有过这样的记载：包拯不轻易与人交往，不会毫无原则地附和，也不假装笑脸取悦任何人，平时也没有私交的书信往来，亲戚朋友也没有多少联系。在家乡庐州任知州时，他的亲朋故旧本以为朝中有人了，大树之下好乘凉，干了不少胡作非为、仗势欺人的不法之事。包拯决心大义灭亲，以示警戒。恰好碰上有一个从舅犯法，包拯不以近亲为忌，依法惩罚。自此以后，亲旧们只好屏息收敛，再不敢横行乡里，滋事扰民。

口舌之劳

包拯因严管端砚为皇上所赏识，被任命为监察御史，负责监察百官，"大事则奏劾，小事则举正"。这个官职虽然没有什么实权，但可以直接参与朝政，为他刚直的个性，提供了大展拳脚的舞台。其中，他弹劾陈州京西路转运司，揭露对方歪曲政策、盘剥灾民等罪行，为后世创作家喻户晓的包公戏《陈州放粮》，提供了鲜活的素材。后来，民间经过反复渲染加工，演绎神化为一个青天大老爷不畏强权为民除害、惊心动魄引人入胜的传奇故事。

长他十岁的政治家范仲淹力倡"庆历新政"，主导吏治改革，斥退冗员，举贤用能。朝廷上下"党争"为患，改革派与保守势力勾心斗角死缠烂打。包拯则始终坚持公正立场，不苟从附和，不结党拉派，不看他人脸色，不投机取巧。他一身正气，忠实履行自己的职责，对于贪官们穷追猛打，不遗余力。比如，他曾经七次弹劾酷吏王逵，四次弹劾一个皇亲。就是来头几可齐天的"国丈"张尧佐，集皇上宠爱于一身的张贵妃的伯父，也让他一弹二弹，直至六弹，不到落马，誓不罢休。说起来挺有趣，皇帝有私心，本来想极力袒护，可包拯偏不徇情，一点面子都不给，直呼"国丈"是"盛世垃圾，白昼魔鬼"。在激烈的廷辩中，包拯口若悬河滔滔不绝，没有顾忌和避讳，口水也跟他的人一样，毫无遮拦地喷到皇上的脸上，皇上气急败坏，拂袖罢朝，回到后宫还好一阵子闷闷不乐。直到后来张贵妃死了，才不了了之。这种倔蛮牛劲，震撼朝堂，皇帝也颇为忌惮。于是，"包弹"成为官场的时髦用语，作为为官清浊的验证，如果没"包弹"，无疑是清官廉吏，如果有"包弹"，必定为贪官污吏。

包拯无所顾忌，"弹"人无数，但也曾经遭遇他人"反弹"。比如，张方平曾担任三司使，"三司使"就是盐铁、户部、度支三使，北宋前期最高财政长官，总管国家财政。张方平因购买豪民的财产而获罪。包拯上奏弹劾，罢免了张的官职；接着宋祁取代张方平，包拯又加以指责；宋祁被罢免后，包拯以枢密直学士的身份权兼三司使。为人宽厚的欧阳修也不避忌，引用典故而加以嘲讽：包拯真是应了古史书所说的"牵牛踩了别人的田土，田土主人把牛抢夺过来"。包拯心理素质再强大，也只好屈从汹涌如潮的责骂，待在家里静思而守拙，过了很长时间才敢抖擞精神，重新出山。

实干出政绩

走上仕途，崭露头角，好像啄木鸟一样，包拯确实发出了不少铿锵有力的声音。比如，出使契丹，应对有理有节，有力地维护了国威和使节尊严。历任多个重要职位，改善治理，广开通商贸易，减轻百姓负担，调动百姓生产积极性。包拯被任命为天章阁待制、谏院谏官，敢于议论和斥责权臣，请求朝廷废止不正当的恩宠。建言皇帝听纳忠言，爱惜人才，远离小人，端正刑典，明确禁令，不要轻易大兴土木，禁止妖妄荒诞的事情发生。后又在各地不同官位上，始终孜孜不倦地建言献策，尽职尽责，颇富实干的精神。坐镇开封两年，他一上任就改革诉讼制度，裁撤了门牌司，简化手续和流程，使百姓告状更为方便。惠民河涨水淹城，屡疏不通，原因在达官贵戚修建的豪宅和"乐园"阻隔，包拯立即下令拆除"违法建筑"泄水，"人患"一除，水患自解。老包这一举动，使之威名大震，老百姓欢欣鼓舞，盛赞"关节不到，有阎罗包老"。当然，在这段时间里，包拯一度也查办过一些案子，赢得美名。他办案公道正派，执法严峻，一视同仁。包拯不苟言笑，民间评价为：要看包公笑表情，除非黄河水变清。六十一岁的他在三司使的任上，总管全国财政工作，既展现了经济工作的天赋，又在改革上政绩斐然。

包公探阴山 / 滑县年画

后被提拔为枢密副使，正式进入了中央执政官的行列。然而，六十三岁的包公已经是风烛残年，这个职务不过是皇帝对他忠心一生的精神安慰。

英明断案

在正式的历史记载里，找不到包拯初进官场的多少事迹，对后世乐此不疲的所谓英明断案、沉冤昭雪等，也没有多大篇幅的书写渲染，因为他的所谓政绩并不在审案断判上。他曾出仕大长县知县，几乎不动声色，不费多少人力，安静等待就智判过一桩"牛舌案"，令人拍案称奇，然而也不过是简略几笔。事件过程大致是这样的：某人家中耕牛的舌头被人割了，他跑到包拯的县衙来告状。包拯没有任何立案或者派人调查的举动，只是吩咐他回去把牛杀了。过了不久，又有一人来县衙告状，举报有人私自宰杀耕牛。北宋初年《宋刑统》对民间私自屠宰耕牛有严格的规定，"诸故杀官私牛者，徒一年半"，"主自杀牛者，徒一年"。包拯几乎等不及告发者喋喋不休，就横眉竖目，一声断喝道："为什么割了人家牛舌，又来反告主人？！"原来告发者蓄意作恶，大概与那人有宿怨过节，本想嫁祸于人，不想弄巧成拙，反把自己送到了官府。被包公慧眼识破真相，告发者不禁胆战惊服！这样一件小案子，不仅从中可以看出包拯断案的机智果断，更可看出，他对于人心世事的深刻洞察。后来，大量产生的"善断狱讼"的包公戏，也许就是创作家们从此"以小见大"，得到启迪而演绎开来的。"五四"新文学运动的发起人胡适之，称誉他为"中国的福尔摩斯"。

包拯名列当时"嘉祐四真"，为人所津津乐道。所谓"四真"，是指宋仁宗嘉祐年间，富弼为宰相，欧阳修任翰林学士，包拯任御史中丞，胡瑗在太学为侍讲。士大夫们认为四人集中了天下最好最高的声望："富公真宰相，欧阳永叔真翰林学士，包老真中丞，胡公真先生。""四真"之名，因此流传。

包公案头出 / 武强年画

包公案二出／武强年画

村巷传呼宰相来
四書句一

三出

包公案三出／武强年画

包公案四出 / 武强年画

知识广角

寇準请教

既然年画中有把寇準跟包公连在一起的，我们也就很有必要认识这个历史人物。两人相比，虽然包公在历史上名头更响，影响更大，但在当时，寇準为官的政绩更显著，为官的职位更高。寇準出生在先，要长包拯三十多岁。寇準，字平仲，陕西华州下邽人。年轻时天赋高，才智超群，精通《左氏传》《公羊传》《穀梁传》。少年得志，十九岁时考中进士。宋太宗选拔人才，经常亲自到殿前查看考问，对年纪小的，担心历练不足而弃录。于是，有人暗地教寇準虚增几岁，寇準拒绝欺瞒，如实以报。后来寇準考中，被授予大理评事的官职，连续升职担任殿中丞、郓州通判等，后又不断被重用提拔，一直做到一人之下万人之上的宰相。寇準官至宰相，依然能虚怀纳谏，坦诚大度，厚道待人。

《宋史·寇準传》记载：初，张咏在成都，闻準入相，谓其僚属曰："寇公奇材，惜学术不足尔。"及準出陕，咏适自成都罢还，准严供帐，大为具待。咏将去，准送之郊，问曰："何以教准？"咏徐曰："《霍光传》不可不读也。"准莫谕其意，归，取其传读之，至"不学无术"，笑曰："此张公谓我矣。"大意是这样的：起初，张咏在成都，听说寇準担任宰相，就对自己的同事们说："寇公是奇才，可惜学问修养不够啊。"等到寇準出使陕州，张咏恰好又从成都罢职回来。寇準恭敬地供应帐幕，盛情款待。张咏要离开的时候，寇準送行，到郊外，问他说："您有什么教导我的？"张咏缓缓地说："《霍光传》不能够不通读。"寇準当时没领会其中的含义，回来后，就拿过这本书阅读，读到传中"不学无术"这个地方，这才恍然大悟地笑着说："张公这是说我呢。"

霍光是谁？西汉大臣，霍去病的异母之弟，辅汉有功，任过大司马、大将军等重要职位，地位接近宋朝的宰相，但是他妄自尊大，不好学习，不明事理。张咏要寇準通读《霍光传》，用意在暗示寇準跟霍光存在同样的毛病。所谓"学术不足"，即是忽视了学习修养，治国理政的知识面不宽，将会直接影响和制约才能的发挥。张咏这种赠言讽喻，既切中要害，又委婉得体，实在是高明巧妙又斯文儒雅的传教方式。不然的话，直言当朝宰相"不学无术"，不仅会让寇準个人形象欠佳，就是整个王朝也有失脸面呀。寇準当然不失

包拯寇準 / 绵竹年画

为张咏赞许的奇才，一点就通，一读就悟，还能坦然自知"张公谓我"，这实在也算得明慧智通，非常人可比！

秦镜高悬

"秦镜高悬"是个成语，比喻官吏判案执法公正，严明无私；或者比喻办事洞察秋毫，公平正义。

汉代刘歆《西京杂记》卷三记载：公元前206年，秦朝灭亡，刘邦进入咸阳宫，在琳琅满目的珍宝里发现，"有方镜，广四尺，高五尺九寸，表里有明，人直来照之，影则倒见。以手扪心而来，则见肠胃五脏，历然无碍。……秦始皇常以照宫人，胆张心动者则杀之。"大意是：秦朝咸阳宫中有一面神奇的镜子，宽四尺，高五尺九寸，正反两面都能照人，人在镜前是直立的，镜中影子却是倒立的，用手按住胸口照镜，可以显示五脏六腑，可以看出人体内的病灶，还能看出人的心术不正。秦始皇经常用该镜对付身边心术不正的人。当然，有一点不要混淆，"秦镜"是指地域而言，产自秦地的镜子。秦始皇广搜天下奇珍异宝，收藏于咸阳宫，据为一人所有，秦镜只是其中一件而已。

在过去的官府衙门，常常于公堂上高挂"秦镜高悬"的匾额，用以自我标榜。明末清初文学家李渔《比目鱼·骇聚》："若非秦镜高悬，替老夫伸冤雪枉，不止陨身败名，亦且遗臭万年。"

后来逐渐采用"明镜高悬"的说法，意思更明确，更通俗。

黑脸包公

包公艺术形象的出现，首先大量流传在民间故事里。大人物的故事，民间津津乐道，在通俗文学中包拯可说是无出其右的。包拯去世后民间流传的，起先是《合同文字记》和《三现身包龙图断冤》。包拯断案故事，后来有《宋四公大闹禁魂张》，篇末出现了包拯的名字，赞颂他坐镇府尹震慑盗贼的声威。到了元代，因为政治黑暗，社会腐败，百姓冀望清官，元杂剧里包公戏应运而生，并大量流传。保存完整的清官断案戏大概有十六七种，而包拯断案的就有无名氏的《陈州粜米》《合同文字》《神奴儿》《盆儿鬼》，关汉卿的《蝴蝶梦》《鲁斋郎》等十一种之多。在元杂剧里，包拯已成人神不分、能上天入地的判官形象，流露出百姓对于公正道义的渴望和清明政治的向往。

其次，活跃在小说的创作里。先是《龙图公案》里的包拯，星宿下凡，智刚兼备，昼断阳世夜判阴界，一面是至高皇权的守护者，另一面又是刚正不阿为民伸冤的大青天。如果说，元曲的包拯形象是逐渐神化的，到明代的包拯则已完全神化，上天入地，求天天答，呼地地应，玉帝阎罗居然优待礼遇，地方小神更要直接供他驱遣。到《三侠五义》，更为翔实地增添演绎了包拯的身世，开封府三口铜铡、三宝（古今盆、阴阳镜、游仙枕）、四勇士（王朝、马汉、张龙、赵虎）及其师爷公孙策、护卫展昭、白玉堂等人的来历，还有大量包公断案和侠士们除暴安良、为国为民的故事。再到《七侠五义》，包拯不畏强暴、刚正嫉恶、处事干练，已是集民间包公形象之大成。

戏曲中的包公脸谱更是深入人心。在中国戏曲史上，几

三侠五义／武强年画

乎没有哪个官吏能够像包拯那样，可以频繁地活跃在历代的戏剧舞台上，经久不衰，并且构成一道独特而流行的戏剧景观——包公戏。从南到北，包公戏几乎涉及所有的戏曲种类。舞台上的包公，烙印着强烈的理想色彩，既是刚正廉明、睿智明敏、铁面执法的清官，又是神凡兼容的超人。包拯脸谱在传统戏剧中与众不同，独具一格。它漆黑如夜空一般，可脑门心一弯新月用白色油彩勾画，显耀炫目。这种"太阴脑门"脸谱，隐喻了包拯刚正威严、"日断阳间夜断阴"的多重内涵。

　　至于影视剧形象，荧屏上从1967年《七侠五义》到2014年《五鼠闹东京》，共有三十多部，直接或部分使用《包青天》名称的当在三分之一以上。

铡赵王／滑县年画

铡美案（另名《秦香莲》）

陈世美的形象与故事最早出自明代小说《增像包龙图判百家公案》，后又有各种戏曲推演，使得这个故事成为包公案里的经典桥段，流传广，影响大。

一斑窥豹，不妨大致了解一下京剧演出里的故事内容：

宋朝年间，有一对夫妇，男的叫陈世美，穷读书人，女的叫秦香莲。陈世美虽然贫寒，却立志通过读书来改变处境，实现理想。秦香莲贤惠能干，勤劳节俭，尽心操持家务，而且深明大义，鼓励丈夫用功读书。三年一回的大考来临，机会将至，陈世美整理了行装，进京赴考而去。然而，一去三年，居然杳无音讯，苦熬苦撑的秦香莲只有日盼夜望，可偏偏天时不顺，又赶上饥年大荒，秦香莲独力难支，公婆相继饿死，安葬完毕后，只得携儿带女，不远千里，跋山涉水，一心进京，展开顽强的寻夫征程。

大概好比现在的北漂吧，寓居在京城的简陋小旅馆里，秦香莲意外地得知丈夫的消息。昔日郎君，早已中了状元，被招为驸马，正在"烟柳繁华地"的京都享受皇亲国戚的尊荣富贵。秦香莲震惊之余，怒不可遏，带着儿女强行闯入了驸马府。秦香莲见到这个衣冠禽兽的负心人，动情地诉说陈世美当初言犹在耳的诺言。陈世美见到妻儿，只动了一时的怜悯与同情，可转瞬即逝，哪里肯放弃当下的荣华富贵？于是，昧心否认，要把秦香莲等人撵出去。秦香莲怒斥对方："狠心的贼子呀，妻为你勤纺织伴读书斋。大比年妻送你十里亭外，指望得中苦尽甜来。不料想你贪图富贵良心坏，忘父母抛妻儿你蛇蝎肠怀。到如今居高官你品德败坏，负义的人！你不仁不义不孝不才。"

被赶出驸马府后，秦香莲悲愤交加，正巧遇上当朝丞相王延龄鸣锣开道，下朝归来。秦香莲拦轿喊冤，王丞相得知冤情，仗义相助，并设计在第二天陈世美的生日宴上，让秦香莲扮作卖唱女，借机用家乡曲调编加歌词献艺。秦香莲堂前一曲琵琶词，哀婉凄恻，可陈世美不仅无动于衷，坚决不肯相认，而且反诬丞相设套陷害。王丞相无奈，便把自己的折扇交给秦香莲，力挺她到开封府包公面前告状。秦香莲母子三人在前往开封府途中，露宿一处野庙。陈世美派武官韩琪跟踪追来，举刀便要将母子仨杀人灭口。秦香莲惊问理由，泣不成声哭诉了自己的不幸冤屈。韩琪一听，心内为之震撼，一边放弃凶行，让母子逃命离去，一边担心无法交差，便自刎而死。秦香莲悲愤中，收起沾满鲜血的钢刀，直奔开封府告状。

包拯接到状纸，派武官王朝去传请陈世美。陈世美不请自来，恶人先告状，反诬王朝是杀手。包拯才传上秦香莲出庭作证，陈世美就要拔剑刺杀。人证物证俱在，包拯便将陈世美摘掉乌纱帽，剥下蟒袍，押入大牢候判。公主和国太得知，盛气凌人地来向开封府要人。公堂之上，国太夺走秦香莲的儿女。秦香莲誓不屈服，击鼓鸣冤。国太以拼老命威胁，包拯难以执法，左右为难，只好息事宁人，叫手下拿出纹银三百两，劝秦香莲另谋生路。秦香莲坚决不受，愤激地唱出："香莲下堂泪不干，三百两银子把丈夫换，从今后我屈死也不喊冤，人言包拯是铁面，却原来是官官相护有牵连。"包拯被激将，拼着丢掉前程的风险，摘下乌纱帽，毅然决定对陈世美当场开铡。

陈世美被铡罪有应得，秦香莲冤屈昭雪，正义得以伸张，包公的"青天"形象更为昭彰。

铡美案·秦香莲与韩琪/红船口年画

陈世美的原型

据说，陈世美的形象是有原型的。这个原型叫陈年谷，明代天启五年出生于湖广均州城。稻谷年熟而美，因而自号为熟美。自幼聪颖好学，发愤读书。到清顺治八年，考取举人；顺治十二年再考取进士。其后担任直隶饶阳的最高行政长官。他微服私访，了解民情，整顿治安，惩治恶霸，清剿土匪，为官一任，造福一方，声名鹊起。三年期满，组织部门考核，"届期报最"，获得最优等级。因此又得到提拔，升任刑部主政郎中。由此，仕途平顺，官运亨通，为顺治皇帝所赏识，一再重用，封为贵州思石道按察司副使兼布政司参政。广施仁政，维护民族团结，深入苗寨调查，清除苗民怨怼，平息苗民骚乱。康熙十年后，又升任户部郎中、侍郎，主管盐政，成效显赫。康熙二十三年携妻告老，衣锦还乡。陈年谷不仅仕途顺利，政绩突出，而且道德人品也少他人非议之处。所谓忘恩负义、抛妻弃子的不齿行径，自然纯属莫须有的栽赃诬陷。

然而，真"陈"与戏"陈"天壤之别，真"陈"入戏便成遗臭遭唾的反面典型。可为何一个明末清初的人，居然提前两三个朝代让宋代的包公用龙头铡给铡了呢？有专家考证认为：戏"出"有因，清顺治十五年，陈熟美的同窗好友仇梦麟与胡梦蝶到京都求官，拜托陈熟美相助，因为条件不符，未能如愿。二人大为不满，怀怨而归。途中，正遇当地上演《琵琶记》。戏中内容正是忘恩负义之事，于是贿赂班主，把情节加以改造，男女主角换成了陈世美、秦香莲，借以影射泄愤。改编后的《琵琶记》在河南、陕西、湖北一带演出，更引起了观众的同情和共鸣。后来又改成陈世美让包青天给铡了，清代的背景倒转到宋代，戏名也变成了《铡美案》。陈年谷作为廉吏能臣，本来在均州乃至全国颇具正面名声，可因为《铡美案》戏剧公案的蓄意陷害，形象大为受损。他的后世子孙为此抱怨，均州也一直禁演此剧。

佳 作 赏 析

严先生①祠堂记

范仲淹

先生，汉光武之故人也。相尚以道。及帝握《赤符》②，乘六龙，得圣人之时，臣妾③亿兆④，天下孰加焉？惟先生以节高之。既而动星象，归江湖，得圣人之清。泥涂轩冕⑤，天下孰加焉？惟光武以礼下之。

在《蛊》⑥之上九⑦，众方有为，而独"不事王侯，高尚其事"，先生以之。在《屯》⑧之初九，阳德方亨，而能"以贵下贱，大得民也"，光武以之。盖先生之心，出乎日月之上；光武之量，包乎天地之外。微⑨先生，不能成光武之大；微光武，岂能遂先生之高哉？而使贪夫廉，懦夫立，是大有功于名教也。

仲淹来守是邦，始构堂而奠焉，乃复⑩为其后者四家，以奉祠事。又从而歌曰："云山苍苍，江水泱泱，先生之风，山高水长！"

注释:

①严先生:严光,生卒年不详,又名遵,字子陵,西汉末余姚人。少年时代就到外地投师求学,与南阳人刘秀成为同学,结下深厚友谊。当时朝政腐败黑暗,王莽得以篡位,各地农民起义,天下大乱,严子陵深感无望,返乡隐居。后来光武帝刘秀统一天下,便派人四处寻访,并车马华丽,声势浩大,阵容壮观,请他入朝为官。但他一再婉辞回绝。光武帝放下架子,亲自屈尊登门相请,他依然不肯松口接受。后来,勉强把他请到洛阳,用富丽堂皇的深院大宅、锦衣玉食来供奉他。但他却仍然我行我素,与朝廷显贵格格不入,拒绝往来。即便光武帝去拜访他,他也不行君臣之礼。有一回光武帝把他请进宫中,向他请教治国之道。严子陵兴致高涨,纵横古今,江河般滔滔不绝。光武帝深受教益,深夜与他同床而卧。严子陵毫不顾忌,叉开双腿,沉沉入睡,睡梦中把一条腿搁到光武帝身上,光武帝为了迁就他而一夜没有睡好。第二天光武帝刚起床,钦天太监惶恐地闯进宫门,奏报昨夜天象有客星冲犯帝座,特进宫面禀。光武帝不以为意,哈哈大笑道:"哪里是什么客星冲犯帝座,是朕与好友子陵同床而眠,他的一条腿搁到了朕身上了。"光武帝要他担任谏议大夫,但他依然不肯接受。再后来干脆不辞而别,回了家乡。建武十七年(41年),光武帝又派使者邀请他进京。一听到消息,他赶紧躲了起来,不与使者见面。使者交不了差事,只好沮丧地返京。担心朝廷不肯罢休,严子陵索性举家迁居桐庐富春江边耕钓为生。江边垂钓的地方,后人称之为"子陵滩"。严子陵这种视富贵如浮云的气节,一直为后人所景仰。范仲淹仰慕他的高风亮节,利用出任地方官的机会,特意为他建造了祠堂,挥笔撰写了这篇传颂千古的《严先生祠堂记》。女词人李清照有一首《夜发严滩》:"巨舰只缘因利往,扁舟亦是为名来。往来有愧先生德,特地通宵过钓台。"借景抒情,表达了对于人心不古、追名逐利的讥讽。

②赤符:《赤伏符》的简称。王莽末年谶纬家(预言家)伪造的符箓,谓刘秀上应天命,当继汉统为帝。后亦泛指帝王受命的瑞符。

③臣妾:原指男女奴隶,引申为被统治的人民。

④亿兆：古代以十万为亿，十亿为兆。

⑤轩冕：原指古时大夫以上官员的车乘和冕服，文中借指官位爵禄。

⑥蛊：六十四卦之一。

⑦上九：九爻。

⑧屯（zhūn）：六十四卦之一。

⑨微：无，没有。

⑩复：免除徭役。

译文：

　　严先生是东汉光武帝的老朋友，他们之间以道义互相推崇。后来光武帝得到预言天命所归的《赤伏符》，乘驾着六龙的阳气，获得了登基称帝的机会。那时他统治着千万百姓，天下有谁能比得上呢？只有严先生能够在节操方面高于他。进而先生与光武帝同床而卧，触动了天上的星象，到后来退归江湖，回到家乡隐居，清操自守，达到了圣人自在的境界。鄙弃功名利禄，天下又有谁比得上呢？只有光武帝能够用礼节对待他。

　　在《蛊》卦的"上九"爻辞中说：大家正当有为的时候，偏偏显示"不侍奉王侯，保持自己品德的高尚"，先生正是这样做的。在《屯》卦的"初九"爻辞中说，阳气（帝德）正开始亨通，因而能够显示"以高贵的身份交结卑贱的人，深得民心"，光武帝正是这样做的。可以说先生的品质，比日月还高；光武帝的气量，比天地还广大。如果不是先生就不能成全光武帝宏大的气量；如果不是光武帝，又怎能造就先生崇高的品质呢？先生的作为使贪婪的人清廉起来，胆怯的人勇敢起来，这对维护礼仪教化确实是很有功劳的。

我到这个州任职后，开始建造祠堂来祭奠先生，又免除了先生四家后裔的徭役，让他们负责祭祀的事情。接着又创作了一首赞歌："云雾缭绕的高山呀，郁郁苍苍，长江的流水呀，浩浩荡荡，先生的品德呀，比高山还高，比长江还长。"

作者简介：

范仲淹（989—1052年），字希文，苏州吴县（现今的江苏苏州）人。北宋中期著名的政治家、文学家，世称"范文正公"。代表作《岳阳楼记》。

点悟·絮语

鲁迅在《中国人失掉自信力了吗》一文中说："我们从古以来，就有埋头苦干的人，有拼命硬干的人，有为民请命的人，有舍身求法的人……虽是等于为帝王将相作家谱的所谓'正史'，也往往掩不住他们的光耀，这就是中国的脊梁。"包拯算不算鲁迅推崇的"中国的脊梁"？假如算，他该算四种类型里的哪一类？逐一对照排除，当然"为民请命"比较贴近一点吧。在封建社会，民间太多冤屈，我们民族又是个善良本分的民族，对于现实的困境特别有韧性与忍耐心，即便产生抱怨不满或存有改变的诉求，总把希望更多地寄托在所谓"青天""清官"的身上，缺位的是自我积极主动地参与投入。因此，被神圣神明化了的包公便被赋予了日夜断案、无所不能的天职。

这样的结果是，集体处于被主宰被决定的状态，集体无意识，所有个体的自主缺失，那么，社会进步的步伐必然放缓甚至停顿倒退。文明昌盛，需要每个人自我做主，首先需要个体的自我苏醒觉悟。《国际歌》唱得好，"从来就没有什么救世主，也不靠神仙皇帝"。

　　就人物原型与艺术形象两个方面，可否比较包拯和陈世美两个人？有趣的是，包拯由能人干臣演绎神化而超凡入圣，成为百姓膜拜崇仰的神灵；陈世美本是好人，遭有意歪曲影射而成为遗臭后世的恶人坏蛋。相近的人物原型，截然相反的艺术形象。真实的人物原型，我们只能就人论人，就事论事；而演绎虚构的艺术形象，提供给我们更多有益的思考与启迪：包公的神圣地位，是民心所向，民望所归；民心是公正的镜子，民心是公正的度量衡，因为老百姓心里有一杆秤，"他活着为了多数人更好地活着的人，群众把他抬举得很高，很高"。陈世美的卑劣嘴脸，越到后来，越是远离了改编者影射歪曲具体对象的初心，人民群众要唾弃的是泯灭天良、弃亲求荣和忘恩负义的无耻行径，这个名字，既抽象又具体，被夸张为道德耻辱柱上一种丑类的标签。

第二章

驱邪逐魔

——钟馗的故事

来 龙 去 脉

菌类还是木棒

钟馗是中国民间传说中驱鬼逐邪之神。"为了打鬼，借助钟馗。"这是民间流传的一句俗语。钟馗打鬼、捉鬼，且又置身众鬼中间，役使小鬼为他抬轿举伞，随他出游、嫁妹，这使得钟馗形象多了几分趣味。正是这种趣味，使得钟馗故事在民间广为流传。钟馗是民间诸神中的万能神，大凡捉鬼驱邪、看门镇宅、招财赐福等等，有求必应。

关于他的来历或者原型，莫衷一是：一种说法是植物，一种说法是人物，还有一种说法是流传下来的文化图腾的神物，歧义居然如此之大。

把钟馗当作植物，一种菌类的名称，明代药学家李时珍在《本草纲目》中做了说明。他分别从两种书里引述，有一种菌类名钟馗，一种敲打工具或进攻武器的"椎"也叫终葵，这两种东西的形状接近，名称也就可以通称。民间习俗画神手持"椎"打鬼，所以也叫做钟馗。世界就是这么奇

钟馗／南通年画

引福归堂 / 佛山年画

妙，菌类终葵演变成了打鬼的钟馗，植物的名称进化成了驱鬼英雄的称号。如果按照科学家的思维，真相又果真如此，趣味实在赶不上故事编撰人的想象。

"椎"这种大木棒的作用，妇女用来捶打衣服，赶走龌龊污垢，是除污的工具；武士手持挥舞，进退腾挪，是战斗的武器。此外，洛阳西安墓壁画上还可看到大棒打鬼的图绘，椎又成了镇邪的法器。这"椎"就是钟馗，明末清初学者顾炎武从训诂学的角度考证，"钟馗"二字发音的反切，就是"椎"的音。当然，那几种器具的作用，确乎与打鬼驱邪隐隐有了一些内在实质性的关联。难道世事真的应了俗话说的"无巧不成书"么？

还是把钟馗当做活生生的人物神物哪怕鬼物更好一些，要有趣一些。

商汤丞相

在民间年画中，钟馗的形象是豹头虬髯，目如环，鼻如钩，耳如钟，头戴乌纱帽，脚着黑朝鞋，身穿大红袍，右手执剑，左手捉鬼，怒目而视，一副威风凛凛、正气凛然的模样。后世有关钟馗的作品，都保留其貌丑的特征，把他塑造为奉旨斩妖除魔的妖邪煞星。

《钟馗全传》中，钟馗乃武曲星托生，获玉帝所赐宝剑与神笔，被封为掌理阴阳降妖都元帅，收天下之妖魔。明朝无名氏《庆丰年五鬼闹钟馗》杂剧中，钟馗亦被封为判官，奉玉帝之命，"管领天下邪魔鬼怪"。清朝《斩鬼传》有别于明代的钟馗故事，书中的钟馗既不是武曲星托生，也不是奉玉帝之旨斩妖的大使，而是奉人间天子唐德宗之谕"遍行天下，以斩妖邪"的驱魔大神。

桃花坞门神年画中的《钟馗抓小鬼》最为吓人，钟馗歪戴乌纱帽，满脸虬须似刺猬，竖眉暴眼，一脚踏着妖魔小鬼正撕而食之，手搏恶鬼并剜其眼睛。该门神画遵照吴道子钟馗画的遗意，但那凶恶模样，小孩看见会被吓得不敢正视。

唐代的画圣吴道子是第一位擅长画钟馗的大师，虽然他的钟馗像画作现已失传，但北宋时还有人在皇宫里见过。北宋鉴赏家郭若虚，详尽描述了他所见吴道子的钟馗像真迹。郭若虚在《图画见闻志》卷六《近事》中写道：

> 昔吴道子画钟馗，衣蓝衫，鞹一足，眇一目，
> 腰笏巾首而蓬发，以左手捉鬼，以右手抉其鬼目。
> 笔迹遒劲，实绘事之绝格也。

"衣蓝衫"的"蓝"字与"褴褛"的"褴"字同义，是

破旧的意思，也就是身着破烂的衣衫。"腰笏"是说腰带上别着笏。笏是大臣上朝时手中持的木质礼器。"巾首而蓬发"则是描写他的儒生身份和落魄的仪表。从北宋书画鉴赏家郭若虚对吴道子的钟馗画的描述来看，钟馗的确是面目丑陋、出身贫寒的读书人形象。

从早期画像里，难以找到钟馗真实来历的蛛丝马迹。至今，钟馗这位神通广大的神祇的身份来历，没有人能够说得清。

钟馗的来历，据说最早可以追溯到殷商时代。有学者通过考证，在三四千年前的殷商时期，有一个著名巫师，名字就叫仲虺。这个巫师巫术通灵，最擅长祷告求雨。大旱无雨的年景，只要他披挂出面，设坛作法，祈祷求告的仪式过后，常常就会灵验，转眼之间，风起云涌，大雨降临。因此，当时人们就用他的名字代指他的职业。而仲虺、钟馗两个词发音相近，就极有可能在流传过程中被误记为钟馗二字。假如真是这样的话，他的一生一定有许多精彩的故事。可惜，历史没有给后人留下多少文字记载，只能凭推测和想象了。

不过，另一种说法倒是有意思得多。相传钟馗就是商朝成汤的右丞相伊尹。伊尹，虽出身低微，但天赋极高，能耐极大。伊尹出生后，就成了孤儿，不知是被遗弃，还是父母遭遇不测。他的养母据说就是成汤的一个妃子，她当时在伊水边的桑林采摘桑叶，耳听婴儿"咿咿呜呜"的哭声，循声望去，看见河中漂荡着一只木盆，木盆随水流晃动，似乎还有小手小脚乱抓乱动。等盆子靠近，这才看到里面有个简单包裹着的男婴。妃子是个好心人，就把这孩子收养下来，伊河送来，就给他取名叫"伊尹"。可妃子怎能亲自抚养他，只得把他寄养到一个厨师家里。虽身份低贱，但温饱不成问题。俗话说："三年大旱，饿不死伙夫。"还有个好处，耳濡目染，他学会了厨艺，精于烹调。不要以为孟子说过"君子远庖厨"，我们就小看甚至不屑厨艺，比孟子更早的道家代表人物老子可是说过："治大国如烹小鲜。"厨艺之功，不可小觑，能做"良庖"，兴许就能成为"良相"。这伊尹就是凭好厨艺，首先赢得了成汤的欢心，再加上他本来极聪明伶俐，才高八斗，计谋深远，与成汤一面谈，成汤求贤若渴，顿觉相见恨晚，当即任命他为宰相。当时夏王桀暴虐残忍，滥用民力，百姓不堪重负。伊尹辅佐成汤乘机起事，很快打败夏桀，建立商朝。后来成汤一死，这个开国大功臣，便揽权摄政，放逐了成汤的孙子太甲，还自立为天子。据《竹书纪年》记载：伊尹即位于太甲七年，太甲潜出自桐宫，杀了伊尹，商朝政权又回到太甲手上。

伊尹被杀，怨愤委屈，气冲斗牛，化为恶鬼，整日鸣冤。天帝爱才，于心不忍，便封其为钟馗，专职捉鬼治鬼。

钟馗杀鬼／桃花坞年画

终南山下读书人

民间传说钟馗系唐初终南山人，生得豹头环眼、铁面虬髯，相貌奇丑，却是个才华横溢、满腹经纶的风流人物，平素为人刚直，不惧邪祟。在唐玄宗登基那年，钟馗赴长安应试，凭借过人的才华，一路过关，最终考到殿试。钟馗作《瀛洲待宴》五篇，被主考官誉称"奇才"，取为贡士之首。但这位唐玄宗偏偏无法容忍钟馗的丑陋，大笔一挥，儿戏般地取消了他的录取资格。十年寒窗之苦，瞬间化为乌有。关于到底是谁取消了钟馗的录取资格这个细节，传说中有另一个说法，说是殿试时，奸相卢杞以貌取人，屡进谗言，从而使其状元落选。

性格刚烈的钟馗一怒之下，头撞殿柱而死，震惊朝野。传说唐玄宗睡梦中见一小鬼偷了杨贵妃的紫香囊和自己的玉笛，绕殿而奔，大鬼捉住小鬼后，把他吃了。大鬼相貌奇丑无比，头戴破纱帽，衣着褴褛，腰系角带，足踏朝靴，自称是终南山落第进士，因科举不中，撞死于阶前。他对唐玄宗说："誓与陛下除天下之妖孽。"唐玄宗惊醒后得病。

病愈后诏令画师吴道子按照梦境绘成《钟馗捉鬼图》批告天下，以驱邪魅。吴道子挥笔而就。原来吴道子也做了个同样的梦，所以"恍若有睹"，因而一挥而就。

这一传说故事不是空穴来风，在相关古籍中也有记载。在唐代卢肇的《唐逸史》中，讲述了这样一个故事：

开元年间，有一年唐玄宗从骊山校场回宫，忽然得了重病，御医们费尽心思，忙活了一个多月也不见好转。一天深夜，唐玄宗梦见一牛鼻子小鬼，身穿红衣，一脚穿靴，一脚光着，靴子挂在腰间。这个小鬼偷偷盗走了杨贵妃的紫香囊和唐玄宗的玉笛。唐玄宗见了大怒，大声呵斥，正要派武士驱鬼。这时，突然出现一个大鬼，此鬼蓬发虬髯，面目恐怖，头系角带，身穿蓝袍，皮革裹足，束角带，袒露一臂，一伸手便抓住那个小鬼，剜出眼珠后一口吞了下去。唐玄宗骇极，忙问大鬼名讳，大鬼上前奏道："臣是终南进士钟馗，高祖武德年间，因赴长安应武举不第，羞归故里，触殿前阶石而死。幸蒙高祖赐绿袍葬之，遂铭感在心，死后成为鬼王，誓替大唐除尽天下恶鬼妖孽。"唐玄宗从梦中醒来，霍然痊愈，回想梦中蓝衣人，就是那位丑陋的书生钟馗。于是召大画家吴道子依梦中所见，画《钟馗捉鬼图》。画好后，唐玄宗瞪着眼睛看了半晌，说道："莫不是先生跟我一块做梦来着？画得怎么这样像！"唐玄宗还在画上批曰："灵祇应梦，厥疾全瘳，烈士除妖，实须称奖；因图异状，颁显有司，岁暮驱除，可宜遍识，以祛邪魅，兼静妖氛。仍告天下，悉令知委。"唐玄宗马上重赏了吴道子，并将此画悬于后宰门，用以镇妖驱邪。有司奉旨，将吴道子《钟馗捉鬼图》镂版印刷，广颁天下，让世人皆知钟馗的神威。

由于唐玄宗的大力宣扬，钟馗才得以确立头号打鬼门神的地位。北宋以来，几乎所有的钟馗故事都与此类似。博物学家沈括所著《梦溪笔谈》的《补笔谈》，也有这一故事。据沈括讲，宋朝皇宫里曾收藏有唐代著名画家吴道子画的一幅钟馗图，画卷上有唐代人的题记，似写于开元年间。题记的内容如下：

明皇开元讲武骊山，岁翠华还宫，上不怿，因疮作，将逾月，巫医殚伎，不能致良。忽一夕，梦二鬼，一大一小。其小者衣绛犊鼻，屦一足，跣一足，悬一屦，搢一大筊纸扇，窃太真紫香囊及上玉笛，绕殿而奔。其大者戴帽，衣蓝裳，袒一臂，鞹双足，乃捉其小者，刳其目，然而擘而啖之。上问大者曰：尔何人也？奏云：臣钟馗氏，即武举不捷之进士也，誓与陛下除天下之妖孽。梦觉，疮若顿瘳，而体益壮。乃诏画工吴道子，告之以梦曰：试为朕如梦图之。道子奉旨，恍若有睹，立笔图讫以进。上瞠视久之，抚几曰：是卿与朕同梦耳，何肖若此哉！道子进曰：陛下忧劳宵旰，以衡石妨膳，而疙得犯之。果有蠲邪之物，以卫圣德。因舞蹈上千万岁寿。上大悦，劳之百金。批曰：灵祇应梦，厥疾全瘳。烈士除妖，实须称奖。因图异状，颁显有司。岁暮驱除，可宜遍识，以祛邪魅，兼静妖氛。仍告天下，悉令知委。

这段话描述的故事是，唐玄宗久病之中梦见了小鬼，小鬼偷了贵妃的紫香囊和明皇的玉笛，绕着宫殿跑；梦中又有一穿蓝衣者捉住小鬼，挖其眼珠，将它掰着吃。经问，回答说是武举不捷的进士，叫钟馗，发誓尽除天下妖孽。经此一梦醒来，唐玄宗的病倒好了。丹青高手吴道子依照玄宗的讲述，画出钟馗像，大受好评。唐玄宗颁有司，告天下，岁暮张挂，用一纸钟馗图祛邪魅、静妖氛。

沈括还记述了当时皇宫中印制木版钟馗画和使用钟馗画的盛况。由手工绘制发展到刻版印制，钟馗画需求量的增大，当是一个原因。在沈括《梦溪笔谈》卷七，还详细记载了北宋庆历年间木刻钟馗的一条材料：木刻一"舞钟馗"，高二三尺，右手持铁简，以香饵置钟馗左手中，鼠缘手取食，则左手扼鼠，右手用简毙之。木刻钟馗表现的是钟馗捕鼠，可见这位捉鬼的门神在当时已经走向了世俗。

那么这个流传了千年的故事有多大真实性呢？参阅唐代的历史文献，在唐代的官方文献中，都没有钟馗这个人名，类似的考场冤案也没有一字一句的记载，更没有发现钟馗梦中显灵为唐玄宗治病的故事。更重要的是，考察科举制度的发展历史，唐玄宗不可能主持殿试。因为殿试考试制度，要到两百多年以后才由宋太祖赵匡胤创立。

北宋沈括首先对唐玄宗梦钟馗的故事提出质疑：宋仁宗皇祐年间，金陵上元县曾发现一处古冢，乃南朝宋征西将军宗悫母郑夫人墓，由碑文可知，宗悫有妹名叫钟馗。此外，后魏有李钟馗，隋将有乔钟馗、杨钟馗。因知"钟馗之名从来亦远矣，非起于开元之时"（《梦溪笔谈·补笔谈》）。如此说来，钟馗其人以及他死后成神的故事很可能是宋朝以后才被虚构出来的。但这个故事至少有一处是真实的，那就是在唐玄宗时代，钟馗已经是声名显赫的捉鬼大神。甚至有人估计钟馗故事的起源可能早于唐代。

卢肇是唐武宗会昌三年的进士，距开元时代已有一百多年，所叙未必是事实。但是皇帝赐给大臣钟馗画像作为新年礼物，的确是盛唐以来的惯例。较早提及钟馗的史料，大约

钟馗捉鬼／杨家埠年画

是唐玄宗时期的一位宰相张说的《谢赐钟馗及历日表》，见于《全唐文》。文中说感谢皇上赐给自己钟馗神像和历日表，其中写道："中使至，奉宣圣旨，赐臣画钟馗一及新历日一轴者……屏祛群厉，缋神像以无邪。"绘神像用来驱邪，指的即是钟馗像。唐代刘禹锡也曾做过类似文章。可见，唐时岁末以钟馗图和历书赐给大臣，已成惯例。由这些唐人文章中不难看出，作为神，钟馗在唐朝时已是声名赫赫，张挂钟馗神像成为上层社会流行的年俗，可见，钟馗成为门神的历史源远流长。

貌丑心善

钟馗是著名丑男，因丑而死。《斩鬼传》和《平鬼传》中，都生动描写了钟馗因貌丑而被唐德宗嫌弃，未能高中状元，愤而自杀。《钟馗全传》中，钟馗状如妖怪，张让夫妇"疑是石马精，不肯留宿"。相貌奇丑，是钟馗的一大标志。

但钟馗又是美的，美在精神和个性。钟馗的禀性和品格，顺应了劳动人民崇尚善良、拒绝邪恶、祈福纳祥、安生美满的意愿和理想。他一身正气，嫉恶如仇，除魔佑民，耿直守信，怜妹重情，乐于劳顿，是真正集阳刚与阴柔之美于一身的人物。

这种刚柔俱美的品格在历代钟馗画大家的作品里得到彰显。钟馗手挥宝剑，外貌狰狞，小孩看到会被吓得哭泣，但钟馗心地却十分善良，他对鬼狰狞，比鬼更鬼，对人善良，可以为好人竭力鸣冤。

民间匠师把这一外貌狰狞却心地善良的矛盾形象塑造得十分成功，外貌虽狰狞却显得充满刚烈之气，心地善良所以优美可爱。在艺术表现上，装饰手法的运用，象征寓意的构想，丰富多彩的形式创造，表现了其外貌狰狞与心地善良的矛盾对比，恰到好处地在矛盾对比中表现了艺术的张力。

钟馗形象中既有儒雅、庄重的传统文人品格，也有诙谐、风趣的世俗气息。钟馗是儒雅的，他本来就是读书人出身，曾考得殿试第一，是一个大才子，儒雅是他的本色。钟馗又是世俗的，在北宋《大傩图》中，宫廷画家为当时的钟馗存照，他面戴花哨的面具，像小丑一样载歌载舞，整个场面充满节日娱乐气氛，全然没有一点读书人的斯文，更没有斩鬼判官的威严气度。在儒雅与世俗的矛盾对比中，更突出了钟馗形象的多元和丰富。

驱邪逐魔／杨柳青年画

知 识 广 角

钟馗嫁妹

这是我国民间流传甚广，且最为人津津乐道的传说故事之一。

话说钟馗被玉帝封了鬼王，既有文臣武将出谋划策，左右辅佐，又有三百阴兵身后跟随，听从他发号施令。于是，他呼出一口长气，仰天一串大笑，阴郁和苦闷顿时烟消云散，心情爽朗无比。正要拔出七星宝剑，挥手一指，带领队伍，浩浩荡荡奔赴就任。突然，心头凛然一惊，眉头一皱，反身合掌弓腰，还没有说话，玉帝就先问了："爱卿，还有未了心愿，只管直说！"

"玉帝明察，臣馗确实还有一桩隐忧未曾放下，此番若返阳间而成大业，定是恶斗险杀，我要全力以赴。可我父母早已亡故，小妹尚未婚配，总是我的心头牵挂。"

玉帝准奏，让钟馗自行带领人马，返乡先将后顾之忧解除，再择日就职上班。

　　身边文臣富曲问钟馗有什么打算，钟馗说道："婚嫁之事，还得遵从民间习俗，一要父母之命，二得媒妁之言。我钟馗虽死，如今当得鬼王，第一凭长兄，尽父母之责；第二要代媒妁之言，将妹妹许配杜平；第三，我鬼王嫁妹，同时也是践诺人间知恩图报、重情重义的美德。"第一条第二条好理解，第三条从何说起？富曲和身边人睁着眼睛有点不理解，甚至觉得鬼王有点夸大其词。

　　鬼王捋一下须发，沉吟一声，这才告诉他们事情的来历：杜平是他的同窗好友，虽然是富家子弟，可性情平顺，待人真诚良善，乐善好施，无半点骄纵纨绔习气。就说平时读书，家里送来好吃的，他总要匀出一半，让钟馗分享；后来赴长安赶考，吃住盘缠也多得他的帮助。因为落榜殉身，还是他雇人殓尸，扶柩送回老家隆重安葬。鬼卒们听了，也禁不住被杜平的仗义感动，年轻的小卒们甚至有点崇拜。

　　钟馗手一挥，腾上半空，平地气旋，一行鬼风驰电掣一般，眨眼就到了钟馗老家。钟馗让鬼卒们敛声静气，先暂时在野外树林子里停驻，然后用鬼王令牌令旗招来土地神，让土地神找个山洞把几百号手下安顿好。

　　钟馗这才带富曲和几个随从，先到杜平家大院。人鬼相见，阴阳两隔，这杜平一身正气，磊落堂皇，敞开心扉，依然是那份热肠，依然是把钟馗当大哥敬重。听到钟馗的来意，杜平更是爽朗一笑："哈哈，大哥，正中我怀，岂敢不从？您不知道，这几日我正在琢磨此事，如何与您通达此意哩！"

接着，钟馗再回家与妹妹相见。妹妹独守几间茅房，原本家里就不宽裕，自从哥哥一去，日子更是困难，整日里不由得愁眉紧锁。这一见到哥哥，恍若梦中一般，未语泪先流。等到情绪稍一安定，钟馗将自我经历简单叙说了几句，然后把自己代替父母媒妁的打算告诉妹妹。妹妹只是点头，心甘情愿听从哥哥安排。

原本哥哥钟馗离开的这些日子，妹妹就已经得到杜平的多般照顾，柴米油盐，缺什么就接济什么。隔壁阿二有非分之想，白天碰面，不是浪语调戏，就是想动手动脚，或者半夜敲门等等，要不是杜平雇个大妈来陪护，不知道会闹成个什么样子哩！

隔天就是除夕，那就在明天过门入新房吧。钟馗一句话敲定。妹妹担心什么都没准备，钟馗让妹妹不用操心，一切由他安排，她自己只要让大妈帮忙修眉、开脸、绣花就好了。

第二天，钟馗一边吩咐几个强悍鬼卒把阿二掳进山洞，饿他三天，以示惩罚；一边让富曲组织全体手下分别从集市上备齐一应物事。傍晚时分，鬼卒们戴上各种面具，抬着花轿，高举花灯彩旗，敲锣打鼓，热闹喧天，把妹妹送进了杜平的院落，了却心愿。

钟馗嫁妹 / 桃花坞年画

钟馗嫁妹／桃花坞年画

五鬼闹钟馗

《庆丰年五鬼闹钟馗》杂剧，将原来在晋至唐记载中的钟馗啖鬼的恐怖狰狞，用颂扬五谷丰登和太平吉祥的热闹气氛代替，庆丰年、颂恩德成为该杂剧的重要题旨。

全剧由楔子和四个折子戏组成。楔子里交代说，钟馗是终南山甘河镇人氏，姓钟，名馗，字君实，幼习儒业，苦志攻读，平生正直，不信邪鬼，岁前中了科甲，后因杨国忠掌卷子，两次未中。如今正逢科考，镇长叫他前去应试。

头折讲，钟馗在赶考途中，在五道将军庙里借宿，遇到大耗小耗二鬼。在他熟睡之际，两个小鬼将其唐巾偷走。他醒来后将其赶走。该剧中并没有小鬼将其毁容的情节或字句。

第二折讲，在殿试中，参加考试的有钟馗和常风二人，常风贿赂殿头官，而钟馗却凭文才应试。

第三折讲，钟馗在试院中"文才广览，诗句惊人，有谈天论地秀气，此人中第一名进士"。殿头官为他奏知圣人，封他为天下头名状元，赐他靴笏襕袍。但不知为何原因，钟馗回到旅店便"一气而死"了。剧中人张伯循云："大人不知有秀才，钟馗不知怎生回到店中，一气而死了。"钟馗死后，被玉帝封为判官。"正末粉判官"（钟馗鬼魂）上场自述："小圣终南进士钟馗是也。因我生平直正、胆力刚强，来到京师应试不用，一气死归冥路。上帝不负苦心之德，加为判官之职，管领天下邪魔鬼怪，不期大人赐与靴笏襕袍，小圣如今一梦中知谢大人，走一遭去。"这一折加了一个"尾声"，写殿头官梦见诸多鬼怪，并为其立庙，一个判官降服众鬼，自称是终南山不第进士钟馗。"我如今奏知了圣人，着普天下人民尽都画他形象，与他立庙。"

第四折讲，上命加封，五福神（土地、井、厨灶、门、户尉之神）和三阳真君等都来朝见。天福问钟馗，当日于五道庙中怎生不怕鬼怪。正末（钟馗）云："众位尊神、三阳真君已登天界，听小圣说一遍咱。〔鹰儿落〕我当日在生时，性躁凡（烦），行事衣（依）公道，指望待步，蟾宫折桂枝，谁想在宫贡院中遭剥落。"

地福云："你在生时怎生不惧狠鬼？"

正末云："重（众）神祇不知小圣的心也。〔得胜令〕我又不曾犯法共违条，行事不虚嚣，为什么全不把神灵怕，有忠心辅圣朝。"

三阳真君云："你今日管押天下妖精，加你为都判官领袖，则要你行事的（得）当，年年正旦扫除鬼怪者。"

〔唱〕"更谁敢轻薄，有这些鬼力从吾调，若错了分毫，将他来定不饶。"

钟馗捉鬼 / 桃花坞年画

判官钟馗 / 高密年画

戏的结尾，作者通过钟馗所辖的五个鬼（青、黄、赤、白、黑鬼）头上的三个炮仗作为象征，把全剧的思想落在三点上：圣寿无疆、万民无难、五谷丰登。

"五鬼闹钟馗"题材，在明清其他作品中多次出现，并发展简化为"五鬼闹判"。"判"在当时的文艺作品中几乎成为钟馗的专指。如明万历年间（序写于丁酉年，即1597年）罗懋登著《三宝太监西洋记通俗演义》第九十回有"灵曜府五鬼闹判"回目，讲的是五个因战争而死的鬼在阴曹地府定罪，多获恶报，五鬼不服，乱嚷乱闹，结成团伙。判官见他们来势汹汹，站起来喝道："嗐！什么人敢在这里胡说？我有私，我这管笔可是容私的？"五个鬼齐齐地走上前去，照手一抢，将笔夺下来，说道："铁笔无私。你这蜘蛛须儿扎的笔，牙齿缝里都是丝（私），敢说得个不容私！"

明隆庆二年至万历三十年间兰陵笑笑生所著的《金瓶梅词话》，第六十五回，写李瓶儿死后，各路宾客来吊丧。十月初八是四七，请西门外宝庆寺赵喇嘛来念番经、结坛、跳沙。十一日，由歌郎并锣鼓地吊来灵前参灵，演出各样百戏，如《五鬼闹判》《张天师着鬼迷》《钟馗戏小鬼》《老子过函关》等，堂客都在帘内观看。

《庆丰年五鬼闹钟馗》剧本结构紊乱，文字也粗劣，尽管艺术上无甚可取之处，但它起到了证据的作用，即证明在明代就盛行五鬼闹钟馗的故事。同时，明清两代流传下来的以"五鬼闹判"为题材的绘画也较多，这说明"五鬼闹钟馗"的故事，作为钟馗传说在流传中附着上去的一个新情节单元，至少在明万历三十年之前，已经在民间形成并流传得相当广泛了。

镇宅赐福

话说钟馗做了鬼王之后，捉鬼镇妖，驱魔除邪，所向披靡，斩获多多，为人世阳间打出了一个清净太平世界。再加上天时和畅，风调雨顺，天下五谷丰登，百姓自然安居乐业，一派歌舞升平气象。于是，各地寺庙香火更旺更盛，钟馗更为百姓拥戴和信赖，供奉更加虔诚殷勤。因此，钟馗也更为谨慎小心，责任心和担当更强。这时，各地寺庙更多，总数大概已有三千之多。钟馗先遣阴兵三百，招兵买马，再加上阎王支持调配，规模扩大到三千之众。每个阴兵负责一座庙宇的鬼情上达。

那日，钟馗得点空闲，正想放松身子平躺舒展一下。咻溜一声，阴风一股，一个阴兵跳到了他的床边，还没等他开口，钟馗忽地坐起："说，出了啥事？"

"衡山脚下南岳大庙有人烧纸告状，说他们一家就住在山脚下，初一十五，逢年过节，不管天晴下雨，他们家上供烧纸，从来都是十分虔诚，不曾有半点苟且潦草。而且几十年来，他们一家人为人老实本分，做点小本生意，从不赚取昧心钱。村里来了讨米叫花子、出家化缘的，每回都会慷慨赠予，不敢怠慢。偏偏这样的人家，生养了七八胎，没个孩子能好好活到成年。眼看快到半百，家里还是人丁稀少。你要说屋宅风水不好，原来建造时，还专门请了地仙罗盘堪舆的。"

钟馗跳下地来，从墙上取下宝镜，揭开布面，对着镜面哈气三下，口吟三声"衡山"。镜面立时映出衡山土地神来，钟馗让刚才的阴兵再复述一遍，然后追问真相。衡山土地神没有否认，说这事要从屋主的上代说起，房屋建造时，有个建筑师傅当时生气，在东南角的地基石头缝里，压了几张纸画的小鬼。主人不知道，房屋建好后，他们家就不顺，总有那小鬼出来作祟弄怪，吓坏了孩子。

真是岂有此理！钟馗气得两腮的胡须都要横飞起来，"那个建筑师傅是哪里人？让他不得好死！"土地神告诉钟馗，那师傅早几年就死了，他们家也没个好的，犯不上再给什么惩罚。钟馗认为，存心为恶，不能放过。他告诉身边的人，到阎罗那里看看《鬼名册》，做鬼也要让他再受地狱惩罚。

钟馗镇宅除邪／凤翔年画

"大王好供，小鬼难缠，险恶小人在各地都是不少的。大王要是有个驱邪镇魔的万全对策就好了。"愁烦的土地神提出一种方案。

钟馗低头一想："这样，画我真相，从头到脚，上要宝剑横指，下要单脚独立。盔甲战袍，须发横飞，双眼像两个铜铃圆瞪。整个造型威武神勇，钢铁一般坚不可摧。再分别从右到左，右下五雷符，左下盖两方篆体镇宅、神判朱砂印章。让百姓张贴，贴到哪，哪里管用，就是贴到猪栏鸡圈，也保家禽家畜避瘟疫，多下蛋，长膘。"

从此，天下百姓遵照钟馗的旨意，把他镇邪驱鬼的形象四处张贴，鬼魅的气焰收敛得多，天下也更太平。

神判钟馗

钟馗在人们心目中，为吉祥神灵，称作神馗，专捉鬼怪妖魔，除暴安良，又称"神判"。钟馗的判官身份源于何时已无从考证，从文献记载来看，早在北宋中后期就已出现。那么，钟馗又是怎样成为判官的呢？

民间故事的解释是这样的：本来钟馗死后也和所有人一样，要去阴曹地府经受煎熬，被阎王爷管辖，但玉皇大帝听说了钟馗的冤情后非常同情，于是大发慈悲，速派使者通报下界，一路放行不得刁难。玉帝似乎对钟馗刚烈不屈的性格非常赞赏，还有意委以重任，在黄泉路上，钟馗接到一纸聘书，被玉帝任命为阴阳两界的判官。

这判官职务，并非无中生有。在人间朝廷官场，判官也是实力派人物。北宋官制系统中，判官协助三司使工作。三司使是政府的最高财政长官，掌握国家财政大权，地位仅低于宰相。那么协助他工作的判官自然也是官场的实力派人物。由于判官财权在握，极易产生贪污腐败现象，所以历来都是选择德高望重、铁面无私的官员担任。北宋著名的清官包拯就曾担任判官一职。

考察钟馗早期形象的变迁，我们发现一个有趣的现象，那就是钟馗形象所具有的两重性。他既有儒雅、庄重的传统文人品格，也有诙谐、风趣、世俗的一面。

年画中钟馗形象的主要特点是威风凛凛、正气凛然，这符合钟馗的身份，同时，钟馗年画也有温馨和谐趣的一面，这增添了钟馗形象的生动性，让民众感到他可亲可敬，使他在民间具有强大的生命力。钟馗最常使用的武器就是手中的一把宝剑，这不是一柄普通的宝剑，而是道士专用的斩鬼武器——七星剑。仔细观察，可以看到宝剑身上有七个相连的圆点，是北斗七星图案。北斗七星，在道教中拥有崇高的地位，是道士作法事时参拜的最重要的星宿神。明清以来，民

邪最靈應老少清吉護禎祥

手掌寶劍鎮家鄉斬妖除

硃砂神判下天堂

灵宝神判 / 凤翔年画

灵宝神判／凤翔年画

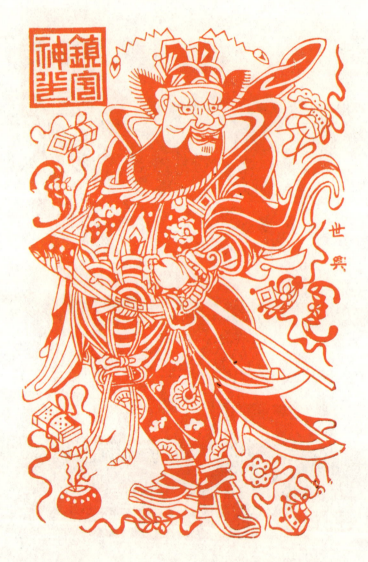

镇宅神判／凤翔年画

镇宅神判／凤翔年画

间活跃着许多道士，他们游走江湖，专以作法事为职业，宣称通过他们虔诚的祷告，北斗七星之神就会下凡人间，为人消除灾祸、疾病，驱除邪气，斩除妖魔鬼怪。这些佩带七星剑的乡间道士，在人们的生活中无处不在，大事小事无不插手。他们频繁地请钟馗下凡捉鬼，赋予钟馗新的职能。于是，具有道教神仙法力的钟馗，也佩带七星剑登场了。

佳 作 赏 析

宋定伯捉鬼

干宝

南阳①宋定伯，年少时，夜行逢鬼。问曰："谁？"鬼曰："鬼也。"鬼曰："汝复②谁？"定伯诳③之，言："我亦鬼。"鬼问："欲至何所？"答曰："欲至宛市④。"鬼言："我亦欲至宛市。"遂行。

数里，鬼言："步行太迟，可共递相担⑤也。"定伯曰："大善。"鬼便先担定伯数里。鬼言："卿⑥太重，将非鬼也？"定伯言："我新鬼，故身重耳。"定伯因复担鬼，鬼略无⑦重。如是再三。定伯复言："我新鬼，不知鬼有何畏忌⑧？"鬼答言："惟不喜人唾。"于是共行。道遇水，定伯令鬼先渡，听之，了然无声音⑨。定伯自渡，漕漼⑩作声。鬼复言："何以作声？"定伯曰："新鬼，不习⑪渡水故耳⑫，勿怪吾也。"

行欲至宛市，定伯便担鬼着⑬肩上，急执⑭之。鬼大呼，声咋咋然⑮，索下⑯，不复听之。径至⑰宛市中。下着地，化为一羊，便卖之。恐其变化，唾之⑱。得钱千五百，乃去。

注释：

①南阳：古郡名，今河南省南阳市。

②复：又。

③诳（kuáng）：欺骗。

④宛市：宛县的市场。市，集市。

⑤共递相担：一起轮流相互背负。递，轮流。

⑥卿（qīng）：您，敬称。

⑦略无：没有一点。

⑧畏忌：害怕。

⑨了然无声音：一点声音也没有。

⑩漕漼：涉水的声音。

⑪习：熟悉。

⑫耳：语气助词，表示肯定的意思。

⑬着：放置。

⑭执：握住，抓住。

⑮咋咋（zé）然：拟声词，鬼大声呼叫的样子。

⑯索下：要求（从肩上）下来。

⑰径至：一直走到。

⑱唾之：用唾液吐他。

译文：

南阳宋定伯年轻的时候，走夜路与鬼相遇。宋定伯问他是谁，鬼说："我是鬼。"鬼问道："你又是谁？"宋定伯欺骗他说："我也是鬼。"鬼问道："你想到什么地方去？"宋定伯回答说："我想到宛县的集市上去。"鬼说："我也想到宛县的集市上去。"于是（他们）一起前往。

走了几里路，鬼说："步行太缓慢，彼此可以交替地背着。"宋定伯说："好啊。"鬼就先背宋定伯走了几里路。鬼说："你太重了，难道你不是鬼吗？"宋定伯说："我是新鬼，所以身体重罢了。"宋定伯于是又背鬼，鬼一点重量都没有。他们像这样轮着背了好几次。宋定伯又说："我是新鬼，不知道鬼害怕什么？"鬼回答说："只是不喜欢人的唾沫。"于是一起走。在路上遇到了河水，宋定伯让鬼先渡过去，听鬼渡水，完全没有声音。宋定伯自己渡过去，水哗啦啦地发出声响。鬼又说："为什么有声音？"宋定伯说："我刚死不久，不熟悉渡水的缘故罢了，不要对我感到奇怪。"

快要走到宛县的集市了，宋定伯就把鬼背在肩上，迅速捉住他。鬼大声呼叫，声音"咋咋"的样子，要求放开让他下来，宋定伯不再听他的话。（宋定伯）把鬼一直背到宛市中，才将鬼放到地上，鬼变成了一只羊，宋定伯就把它卖掉。宋定伯担心它变化（成鬼），就朝鬼身上吐唾沫。卖掉得到一千五百文钱，于是离开了宛县的集市。

作者与《搜神记》

作者干宝（？—336年），字令升，是东晋史学家，文学家，祖籍新蔡（今属河南）。《搜神记》代表汉魏六朝志怪小说的最高水准。"志怪小说"是怎样的？鲁迅先生作过最精辟的阐释："六朝人之志怪，却大抵一如今日之记新闻，在当时并非有意做小说。"志怪小说记录了古代大量的神话传说和当时的逸闻趣事，内容生动丰富，情节曲折离奇，具有很高的艺术欣赏价值。《宋定伯捉鬼》是其中极有代表性的一篇。

点悟·絮语

　　有个矛盾且有趣的现象，我们人的本性喜好以外貌的美丑评价事物的优劣，并从而决定取舍。比如，好看的好吃，好看的好心，好看的必然一切都好。可事实并非如此呀，有些好看的不好吃，甚至有毒，比如有些毒蘑菇、毒花、毒果子等；有些人有好看的相貌，却偏偏有坏的心肠。因此，古训告诫我们：人不可貌相，海水不可斗量。孔子曾经感叹："以貌取人，失之子羽。"子羽是鲁国人，孔子学生，比他小三十九岁，全名叫澹台灭明。当初，子羽想要跟随孔子求学，站到老师面前，孔子看他额头短，口角窄，鼻梁扁平，样子丑陋，便以为他资质低下，一定是个蠢货。可是，就是这个子羽，被人嫌弃，不但不气馁，反倒更加激发向上，致力于修身实践，为人处世公正磊落，行大道，走正路，摒弃投机取巧，不私交权贵，公事公办。后来，他赢得广泛的声誉，游历到长江，跟随他的弟子有三百人之多，诸侯各国都传诵他的美名。孔子感慨不已，承认自己识人的失误与教训。

为什么塑造丑怪的形象可以镇鬼吓怪？原因大概有两个：一是鬼怪也具有人性通常的弱点，也一样"以貌取人"，一样不愿亲近丑陋的形象，所以见了就躲；二是丑陋本身常常具有强大的逼压的力量，"做鬼心虚"，当然也是惹不起，躲为上策了。

第三章

捉鬼英雄

——神荼郁垒的故事

来龙去脉

中国门神人物

门神风俗来自上古神话人物黄帝，神话传说中的黄帝将神荼（shēn shū）、郁垒（yù lǜ）从鬼门请到人间，制成一种典礼，以驱恶鬼。

古代传说，神荼、郁垒是一对守鬼门的门神，他们是一对兄弟，专门对付为害人间的恶鬼，将这些恶鬼绑了喂老虎。当时尚未发明纸，人们便在两块桃木板上画神荼、郁垒的画像，挂在门的两边作为门神，用来驱鬼辟邪。

神荼、郁垒并非最早的门神，中国最早的门神是鸡虎等动物，还有一位叫成庆的人物门神，但神荼、郁垒是早期最流行、影响最大的人物门神，且一直到明清时期都仍与秦叔宝、尉迟恭并驾齐驱，成为中国最常见的门神经典形象。因其古老，比起其他门神年画，神荼、郁垒显得更加古朴而浑厚。

唐宋以后门神画上的猛将秦琼、尉迟恭之像，是由神荼、郁垒衍变而来的。为什么古人会制造出这两个虚幻的门神呢？有以下几种可能：一是古人对很多自然现象没法解释，心存恐惧，因此鬼被心灵中的恐惧制造出来了，同时还制造出了一对驱鬼的形象，门神神荼、郁垒就这样被虚构出来；二是古人以为黑夜有鬼魅出来，门上若画或贴副武将门神，就可安睡；三是创造幻想世界的守门神是人的现实生活需要守门之神的精神慰藉。

神荼郁垒来历

关于神荼和郁垒，较早的记载见于东汉初年王充《论衡·订鬼篇》所引《山海经》：

> 沧海之中，有度朔之山。上有大桃木，其屈蟠三千里，其枝间东北曰鬼门，万鬼所出入也。上有二神人，一曰神荼，一曰郁垒，主阅领万鬼。恶害之鬼，执以苇索而以食虎。于是黄帝乃作礼以时驱之，立大桃人，门户画神荼、郁垒与虎，悬苇索以御凶魅。

这段文字不见于今本《山海经》，有学者认为当属佚文

郁垒 / 漳州年画

神荼／漳州年画

（见鲁迅《中国小说史略》第二篇《神话与传说》）。

东汉应劭的《风俗通义》中引《黄帝书》说：

> 谨按《黄帝书》："上古之时，有神荼与郁垒昆弟二人，性能执鬼。度朔山上有桃树，二人于树下简阅百鬼，无道理妄为人祸害，神荼与郁垒缚以苇索，执以食虎。"于是县官常以腊除夕饰桃人，垂苇茭，画虎于门，皆追效于前事，冀以御凶也。

"饰桃人"，就是用桃木刻成神荼、郁垒像，除夕时置于门旁作为装饰，也就是作为门神。"垂苇茭，画虎于门"是为了驱鬼辟邪。文中还记载了"县官常以腊除夕饰桃人"一起考证，应是指当时人们迷信神荼、郁垒可守门御凶。这里的县官或许就是皇帝，因古代称都城京畿之地为县，故称皇帝为县官。

度朔山是一座神奇的山，神奇是因为人人都没有见到过这座山，只是从神话传说描绘中知道那远古时代遥远的地方有这么一座山。该山上有奇大无比的桃树，营构出神奇的氛围。所以古人画神荼、郁垒图，往往以桃树为背景。

关于神荼、郁垒并非只有这两处记载，多部典籍中都有描述。

《论衡·乱龙篇》也讲到这两个门神：

> 上古之人，有神荼、郁垒者，昆弟二人，性
> 能执鬼，居东海度朔山上，立桃树下，简阅百鬼。
> 鬼无道理，妄为人祸，神荼与郁垒缚以卢索，执以
> 食虎。故今县官斩桃为人，立之户侧；画虎之形，
> 著之门阑。

南朝梁宗懔（约501—约565年）所著《荆楚岁时记》记载，魏晋之后，人们便于除夕做桃木人以当神荼、郁垒二神，有的还以两块桃木立于门侧，意在压邪祛魔。再以后便在桃木上分别写上二神的名字，或画上二神的形象，这是最初的桃符。

宗懔的《荆楚岁时记》：

> 正月一日……帖画鸡，或斫镂五采及土鸡于户
> 上。造桃板着户，谓之仙木。绘二神，贴户左右。
> 左神荼，右郁垒，俗谓之门神。按庄周云："有挂鸡
> 于户，悬苇索于其上，插桃符于旁，百鬼畏之。"

古代论述神荼、郁垒的典籍较多，一些著作写神荼、郁

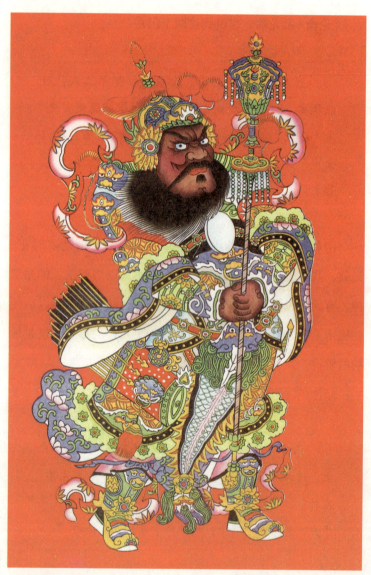

郁垒／杨柳青年画

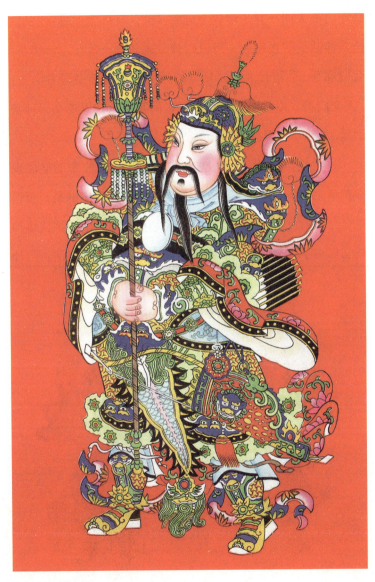

神荼／杨柳青年画

垒守门都大同小异。清代卜陈彝《握兰轩随笔》称："岁旦
绘二神贴于门之左右，俗说门神，通名也。盖在左曰神荼，
右曰郁垒。"清代尤侗《艮斋续说》卷八讲郁垒居右为上：
"人家门符，左神荼，右郁垒。张衡赋云，守以郁垒，神荼
副焉。"引了东汉张衡的话。

这些文献说明汉代人就普遍认为神荼、郁垒最早出现
在黄帝之时，但那只不过是一种传说，可以肯定的是，至迟
东汉，人们已在门上张贴象征神灵和英雄崇拜的门神武将神
荼、郁垒了，他们为元明小说中给李世民护驾守卫的新门神

神荼郁垒/绵竹年画

秦琼和尉迟恭做了原型铺垫。神荼、郁垒是中国最早的人物门神之一，其实他们是神话中的人物，或者说就是鬼。在瑰奇的神话故事中，在奇大无比的桃树下，门神神荼、郁垒充当鬼怪出入口的守卫者。

兄弟二人形象

早期神荼、郁垒的表情严厉，形象夸张而可怕，折射了古人对于大自然、对于生存环境的感受，当灾害、瘟疫以及尚不能给出科学解释的风雨雷电等带来巨大的恐怖时，礼奉较为凶猛的神祇，可以给人带来一种心理的安慰。

但到了明清时期，神荼、郁垒的表情越来越温和，没有了早期的严厉恐怖，甚至有了文官化的趋势。这是因为随着时代的进步，人们对鬼的概念发生了变化。生活变得安逸舒适之后，人们开始追求诗意的生活，此时神荼、郁垒的门神形象更注重的是美化生活的装饰性，而不是驱鬼辟邪。

神荼、郁垒的早期造型，在汉代画像石上留下了图案。从汉画像石的图案看，如河南新郑汉画像砖，那时的神荼、郁垒相貌怪异，表情凶狠，似乎更接近于度朔山神话的风格，但其手中已执斧钺。人物造型圆目瘦面，双耳竖立，头生一角，长衣束腰，肩斧，这是神荼、郁垒的早期画像。南

郁垒/夹江年画

神荼 / 夹江年画

郁垒／平度年画

神荼/平度年画

北朝时，石门线刻的门神身着铠甲。

此后，神荼、郁垒成为古代木版年画的题材，至宋代已演变为镇殿将军模样。福建漳州的传统门神画神荼、郁垒，通常以大红纸印制，现在留存下来的多是站立的神荼、郁垒形象，据说古代漳州年画中，还有骑着马的神荼、郁垒门神形象。

根据古代典籍记载，神荼、郁垒是在鬼门监察和统领众鬼的一对兄弟。在古代民间美术中，他们的形象通常是手里拿着芦苇制成的绳索，将妄为人祸的作恶之鬼捆绑起来拿去喂虎。可以将可怕的鬼轻易捆绑起来，扔给虎吃，他们的形象是何等威风凛凛。年画中的神荼、郁垒图中不见芦苇绳索，也没有绑鬼喂虎的画面，这是因为这些具体的细节和道具不便在门神年画中表现，年画要表现门神的威武，因此芦苇绳索这种软绵绵的东西变成了富有阳刚之气的立锤。再看看，手持立锤的神荼、郁垒是不是更显威风？

知 识 广 角

 神奇的桃木

　　根据典籍记载，神荼、郁垒兄弟俩本是守鬼门的。相传，鬼门在度朔山，该山上有一棵大桃树，枝繁叶茂，广阔达三千里，其树枝遮盖的东北角，为万鬼出入之处，这就是鬼门。

　　为什么神话中的鬼门处要虚构一棵大桃树呢？这是因为在中国古代文化中，桃木是制鬼的。相传，桃树是"五木（桑榆桃槐柳）之精"。早在战国时期，民间已经开始用它刻成写有咒语的"桃符"，悬挂在门口驱妖镇邪。问题又来了，"桃木"凭什么具有这样的作用呢？假如要接近科学一点，在传统中医看来，"桃木属温性，有镇静祛邪、活血化瘀、促脑安神、促进人体代谢之作用"。以感性认识来说，桃木容易栽培，成活结果的周期不长，人们喜欢在门前屋后种植，尤其开花时节，粉红一片，特别喜庆。《诗经》说："桃之夭夭，灼灼其华，之子于归，宜其室家。"桃花盛开的样子，跟姑娘家婚嫁喜庆有得一比。桃树结果，桃儿如同心形，味道鲜美，常吃是否真的增寿难说，可桃木长寿的象征意义，民间是深信不疑的，"寿桃""仙桃"敬老人就是明证。

桃木根据属性来看，质密细腻，木体清香，就此也可成为避邪镇宅的首选。所以，道家方士们，对其青睐有加，常常喜欢雕制成剑，有的佩带身上随行，有的就悬挂居室玄关，表示仙风道骨，修为深厚。《艺文类聚》卷八十六引《庄子》佚文："插桃枝于户，连灰其下，童子入不畏，而鬼畏之。"意思是说把桃木枝条插到门上，连同桃木灰撒到门的地下，小孩童进门不会害怕，但是鬼魅则害怕不敢越过。长沙马王堆汉墓出土的医书《五十二病方》也提供了相应的佐证，药方的内容是驱鬼，驱鬼的方式就是门上插桃枝。

尤其神秘诱人的是，桃木具有非凡的神力仙功。神话故事里有"夸父追日"的传说："夸父与日逐走，入日。渴，欲得饮，饮于河、渭；河、渭不足，北饮大泽。未至，道渴而死。弃其杖，化为邓林。""邓林"是什么，就是桃树之林。夸父这个阳刚英武、野性豪迈、敢于追赶太阳的英雄，一片桃林居然由他的手杖变成，这该是怎样的神妙？假如这还不足为证，不妨再看另外一个神话故事。《淮南子·诠言》里说："羿死于桃口。"东汉《说文解字》的作者许慎

注："口，大杖，以桃木为之，以击杀羿，由是以来，鬼畏桃也。"羿是个高明的射箭手，逢蒙拜他为师。逢蒙阴险奸诈、居心叵测，羿虽善射却没有识人之明。逢蒙学成之日，就是恩将仇报之时。他举起桃木大棒，痛下杀手，砸碎了自己师父的后脑。羿死后，成为统领万鬼的首领。万鬼之首尚且命丧桃木，众鬼见桃木能不惊悚寒栗吗？大概这也是桃木后来盛享"仙木"之誉的先兆吧。

神荼、郁垒门神和桃木有密切联系。神荼、郁垒立锤门神年画中，这锤柄是桃木制的，或许，最初的锤也不是铁制的，而是桃木。清代俞正燮《癸巳存稿》将桃木棒视为神荼、郁垒神话的源头，认为神荼、郁垒是"由桃椎展转生故事"，意为神荼、郁垒是由桃椎辗转而生的。人们想象创造出神荼、郁垒的神话，其生活依据，是汉代《风俗通义》所说"腊除夕饰桃人……冀以御凶"的风俗。这就是说，神荼、郁垒神话故事，其实是对于门户前立桃木人风俗的解说。

削刻桃木人以驱鬼辟邪的风俗不断演变，有时是直接在门上画门神户尉，有时是用桃木板代替桃木人，在桃木板上可画神荼、郁垒，也可写门神神名，悬于门左的一块写"神荼"，右边一块写"郁垒"。这桃木板就叫桃符，又称门符。

陈元靓《岁时广记》引《皇朝岁时杂记》载：桃符之形制，以长二三尺、宽四五寸的薄木板制成，上画以狻猊、白泽之类，下书左神荼、右郁垒，或写春词。以后书写两神名字的桃符便演化成了春联，刻画二神形象者便演化成了门神画。桃符"下书左神荼、右郁垒"成为对联，从这条资料可见，对联与门神画同源。神荼、郁垒成为门神和对联关联的桥梁。所以，后世在春节除了贴神荼、郁垒门神，还要贴对联。

从魏晋至唐初的这段时间里，以桃木板画神荼、郁垒作门神的风俗一直没有多大的改变。帝王的宫门前，平民的宅门上，那一对桃人能降鬼魅，只因被视为神荼、郁垒的化身，以致免除了削刻之工，仅悬两块桃木板，仍靠着这种文化的认同，就能保持神灵。这种造神活动，又有对于桃木的崇拜掺杂其间。晋代司马彪《续汉书·礼仪志》曰"大傩讫，设桃梗郁偏"。后世创造钟馗，所采用的仍是此一思路。在神荼、郁垒门神习俗中，桃木既被用为载体材料，又被当作符号材料。唐代前后，寺庙门扇上也画神荼、郁垒门神，对世俗的门神信仰产生了很大的影响。其实，佛寺门前的哼哈二将，天王殿里的四大金刚，也都具有门神的意义，因为他们均为护法神。

东汉著名书法家、文学家蔡邕，曾描述过神荼、郁垒这对门神，他在《独断》中说：

　　东北有鬼门，万鬼所出入也，神荼与郁垒居其

门，主阅领诸鬼；其恶害之鬼，执以苇索，食虎。故
十二月竟……画荼、垒并悬苇索于门户，以御凶也。

蔡邕在《独断》中还记载，汉代"常以岁竟十二月，从
百隶及童儿而时傩，以索宫中，驱疫鬼也。桃弧、棘矢（弓
箭）、土鼓，鼓旦射之，以赤丸、五谷播洒之，以除疾殃。
已而立桃人、苇索、儋牙虎、神荼、郁垒以执之"。蔡邕所
说的"神荼""郁垒"，正是捉鬼的。蔡邕还说："梗者，更
也，岁终更始，受介祉（大福）也。"这就是后来人们在屋
内挂钟馗驱鬼、门上贴门神以御凶和立桃符于门旁以及贴年

神荼郁垒/武强年画

画等风俗的来历。现在已经很难看到当时的门神风俗画面了，但从古人的文字描绘中，可以肯定这一风俗的存在。

唐太宗门神

《西游记》第九、十两回里记载：长安城中卦铺老板袁守诚预卜河里捕捞十分灵验，长安附近的泾河老龙听闻，便化身上岸，到卦铺存心问难，用意寻衅捣毁卦摊。两人于是设下赌局，为了取胜，龙王便擅自改动了上天规定的降雨量。犯下天条，龙王当斩。龙王自知理亏，急忙央求袁守诚出谋解危。袁守诚告诉他，可向唐太宗求情。因为大臣魏徵负责在阴间人曹处监斩。龙王依计而行，在唐太宗梦中陈请求免，唐太宗一口答应。第二天上朝，文武百官到齐，可是，唯独魏徵缺席。因为他于梦中接到玉帝旨意，午时三刻监斩老龙，为了抖擞威风，养足精神，正在酝酿准备，所以缺席了。唐太宗急忙宣召魏徵入朝，并让百官退下，独自把魏徵强留下来，摆开围棋对弈。不料正值午时三刻，还没有分出胜负，魏徵就已经精神恍惚，犯困打瞌睡，神灵去了阴曹地府，梦里咔嚓，斩下了老龙首级。徐茂公等人提来老龙首级，告知太宗。唐太宗受人之托，没料到不能践诺，不免有些歉疚，心中不宁。当晚二更时分，梦中老龙阴魂不散，当面怨恨指责，还在宫中落瓦抛砖，碎物喧闹，唐太宗被搅得六神难安，招来徐茂公等大臣问计。徐茂公献策，以为秦琼、尉迟恭两员战将戎马杀伐，出生入死，威武神勇，阳刚凛然，任什么鬼魅都得退避三舍，着他俩镇守宫门，保驾安寝。果然，老龙阴魂惧怕，不敢来闹。前门不敢踏进，老龙阴魂又到后门寻事，唐太宗只好又指定魏徵守卫。一天一晚尚可，血肉之躯，总抵不住日日夜夜都要如此呀！唐太宗体恤这二位功臣守夜之苦，就叫画家画二将之像贴到宫门口，结果照样具有镇守之功。于是，这种方式传到民间，老百姓随之效仿，秦琼一张白脸，尉迟恭一张黑脸，两张图像贴到门口，由人中武将变成了镇宅驱魔的门神。

贴了门神，再配贴一副门联又如何呢？民间后来有了创造性的发挥，在秦琼与尉迟恭两位门神的左右，又添上了一副用文字赞颂两位的对联：昔为开国将，今作镇宅神。十个字浓缩了他们的丰功伟绩，图文并茂，相得益彰，民间百姓对他们的崇拜之情，跃然纸上。

除了《西游记》，《隋唐演义》《搜神记》《三教源流搜神大全》及《历代神仙通鉴》也有大致类似的记载：唐太宗李世民一生戎马征战，疲累虚弱，有一阵子精神状态欠佳，心神不宁，睡眠多梦，似乎常常听到寝宫外边抛砖掷瓦，鬼泣魔叫，后宫也因此夜不安宁。惧怕不过，唐太宗将自己的

郁垒 / 潍县年画

神荼 / 潍县年画

忧惧告知身边的大臣。大将秦叔宝无所畏惧，挺身而出，主动替皇上分忧，慷慨豪迈地说："臣戎马一生，杀敌如切瓜，收尸犹聚蚁，何惧鬼魅？臣愿同敬德披坚执锐，把守宫门。"李世民欣然同意。当夜，秦叔宝、尉迟敬德二将出征打仗一般，戎装披挂，手持兵器，镇守宫门两旁，妖魅销声匿迹，果然无事。从此以后，二员大将便不辞辛劳，夜夜守卫。再后来，李世民担心二人不胜其苦，便命画工绘图画像：二人身着铠甲战袍，戎装在身，怒目炯炯，手持鞭锏，威武凛然。将画像悬挂于宫门两旁，鬼祟从此销声匿迹了。

宫中所好，民间效仿，于是秦琼、敬德就流传到百姓中，多了一重门神的担当和职责。相沿成习，贴门神成为古已有之的春节习俗。并且，伴随着牙牙稚语，童谣在街巷村落里这样流传："门神门神骑红马，贴在门上守住家。门神门神扛大刀，大鬼小鬼忙逃跑。"

点悟·絮语

　　驱邪除妖，似乎是个独孤寂寞的英雄壮举。比如，包拯是个独生子，没有兄弟姐妹；钟馗虽然有个妹妹，可捉怪杀鬼，只能独自出阵，不能把个女孩子拉上。神荼、郁垒可要幸运得多。俗话说得好，打虎亲兄弟，上阵父子兵。他们兄弟俩，一左一右，相互扶持，相互支撑，二人同心，其利断金，更何况身边还牵引着一只山林啸吼、威震四野的白额金睛的猛虎，不把个驱鬼捉妖的伟业闹腾得辉煌红火才怪哩！

　　不知有同学读过西班牙塞万提斯的《堂吉诃德》，或者英国作家笛福的《鲁滨孙漂流记》没有？毕竟孤胆英雄堂吉诃德有个桑丘跟随，流落荒岛的鲁滨孙有个礼拜五相伴。

　　独自前行固然可贵，但是，有伴更好，相伴为伍，团队战斗，可能走得更稳健，走得更高远。

第四章

斩妖伏毒

——张天师的故事

来龙去脉

身世不凡

包公、钟馗、神荼、郁垒的称号，别无分店，谁也不敢假冒。可张天师的称号多了去了。从古至今，近 2000 年的天师历史，大概应有六十四代的天师。《水浒传》第一回"张天师祈禳瘟疫　洪太尉误走妖魔"，这个张天师不是第一代的，而是第三十代的张天师张继先了。

根据年画来说故事，我们就从第一代张天师张陵说起吧。

他身世不凡，据说能与张良攀上关系：张良居于刘邦手下"三杰"的首位，"运筹帷幄之中，决胜千里之外"，辅佐刘邦打得天下，建立了西汉王朝，被封为"留侯"。这人潇洒的地方，就是功成而隐退，飘然江湖，跟世外高人学辟谷导引轻身之术，世人不知道他后来的下落。张良的辈分，是他的八世老祖。到他父亲，名叫张大顺，好像继承祖传家风，也好神仙之术，自称"桐柏真人"，望子成"陵"，期望他能追随先祖，远离尘世，登陵成仙。他的出生，有点神奇，先是母亲梦见魁星下降而怀孕，呱呱落地时，又满室异香、祥云笼罩、紫气弥漫。当然，也有关于他身世再平凡不过的说法，其祖父不过是一个乡下卖油的老汉，名字叫张刚，误打误撞，埋进了别人早已相好的风水宝地。宋楼镇费楼村东北里许，张陵祖父张刚的墓基犹存，比周围的地面高出丈许，据当地人讲，虽大旱而不焦枯，润湿如常。

不论家世背景，就他个人来说，成长后的经历确乎是不凡的。张陵（34—156 年），后名道陵，字辅汉。以貌取人的话，包公那么黑，钟馗那么丑，神荼、郁垒也不怎么出众，可张道陵居然与他们大不一样：身形高大，健壮魁梧，古籍中描绘为"庞眉文额，朱顶绿睛，隆准方颐，目有三角，伏犀贯顶，垂手过膝"，气质出众，令人肃然起敬。张道陵不止外表光鲜，内智也一样超群出众。他天性好学，七岁时就能流利背诵老子五千言的《道德经》，并能深刻地领悟其中的内涵；天文地理，河图洛书，也样样精通；诸子百家，三坟五典的学说，也一一翻读了个遍。

本来他完全有可能身居高官名位，安享尊荣的，汉明帝永平二年（59 年），他二十五岁，被选拔做巴郡江州（今重庆）令，可他兴趣不在世俗的功名利禄，不久便退隐北邙山（今河南洛阳附近）中，修持炼形合气、辟谷少寝长生之道。永元初年（89 年），汉和帝又赐他为太傅，封为冀县侯，三

张天师／桃花坞年画

次下诏，他一概婉拒。为避开京郊的俗务嘈杂和骚扰，张道陵起身拂袖，大步云游名山大川、访道求仙而去。先是南游淮河，居桐柏太平山，后与弟子王长一起，渡江南下，到江西贵溪县云锦山结庐而居，筑坛炼丹，三年而成。当时他年已六十岁，可仍身轻体健，好像三十几岁一般。后又移居四川鹤鸣山一带。

修道成仙

张道陵是怎样成为正一天师的呢？传说顺帝汉安元年（142年）正月十五，张道陵在一夜睡梦之中，太上老君降临，对他传授经书《太平洞极经》《正一盟威二十四品法箓》，另有三五都功玉印、雌雄斩邪剑、平顶冠、八卦衣、方裙、朱履等多种法器，拜为天师，嘱咐他广行正一盟威之道，涤荡妖孽，扶持生灵。汉安二年七月，张道陵集领三万六千神灵，登青城山，布龙虎神兵，施起法术，会八部鬼帅，与群魔一番大战，凭高超的道术，制伏了外道恶魔。至今青城山仍留有多种古迹，比如誓鬼台、鬼界碑等。张道陵后与弟子王长、赵升往川中云台山，卜居其地，继续修炼。后又偕弟子王长、赵升再往鹤鸣山，在这里精修二十余年。

张道陵降妖伏魔，救护众生，蜀地的人民都非常感动，都乐意接受教化。张道陵表现出卓越的组织才能，设立二十四个布化行道的培训机构，称为"二十四治"。因为门徒众多，又制定各种严格的教仪，加强管理和约束。正一盟威之道，简称正一道。作为道教组织，需要活动经费，犹如孔夫子招学生也要收学费，"自行束脩以上"。要入道的，不能空手而来，每人也得交出五斗米，因此就被戏称为"五斗米道"。道民定期赴治学道，祭祷。因张道陵为该教第一代天师，故教徒尊称"祖天师"，其教为"天师道"。张天师尊老子为教祖，奉《道德经》为最高经典，并自撰《老子想尔注》发挥老子的道家思想。

孔子弟子三千，有名有姓的贤人七十二个。据传张道陵也一样有桃李三千，可真正得其传的就赶不上孔子了，只有三人而已，比例要比孔老夫子低得多。这三个可数的弟子为王长、赵升和他自己的儿子张衡。

据说，东汉桓帝永寿年间，在四川赤城渠亭山中，玉帝派遣使者持玉册，敕封张道陵为正一真人，世寿一百二十三岁，白日飞升成仙了。

天师施法／凤翔年画

道法有传承

张道陵的孙子张鲁在陈寿的《三国志》里有所记载，是五斗米道的重要传承者，并将其发扬光大。史书记载，刘焉为益州牧时，曾以张鲁为督义司马，初平二年（191年），命其与别部司马张修一起进攻汉中。后刘焉之子刘璋杀张鲁母家室，张鲁于是割据汉中建立政教合一的政权。东汉政府无力征讨，乃命张鲁为镇南中郎将，领汉宁太守。于是，张鲁以政教合一的领袖身份，在巴、汉地区大力推行五斗米道，在教义、教规、方术和组织建设上使之获得更大的发展。张鲁政权覆灭后，不仅巴蜀地区的五斗米道未被消灭，而且随着张鲁及其部众的北迁，又广传到中国北方，成为全国性的大教派。

天师道为张道陵创立，后世称张道陵为"祖天师"，第二代为他的儿子张衡继承，称为"嗣师"，第三代为张衡的儿子张鲁继承，称为"系师"。这张家三代称为"三师"（或"三张"）。

如何传承，张道陵做了清晰而明确的规定，"吾遇太上亲传至道，此文总领三万都功，正一枢要，世世一子绍吾之位，非吾宗亲子孙不得传"。传说第四代孙张盛由汉中徙居江西龙虎山，世代相传，皆称为"天师"，加姓在前称为

"张天师"。

祖天师张道陵在唐僖宗时被封为"三天扶教辅元大法师"，宋代又再加封为"三天扶教辅元大法师正一静应显佑真君"；元成宗封为"正一冲玄神化静应显佑真君"。真正被官方确认为"天师"称号，是从元朝忽必烈开始，而此前的"天师"称号，一直都是民间的尊称。

另有说法

历史的真相有时总不免被迷雾遮盖。有学者认为，五斗米道真正的创始人其实是张修（？—200 年）。《后汉书·灵帝纪》记载："中平元年（184 年）秋七月，巴郡妖巫张修反，寇郡县。"又有："时巫人张修疗病，愈者雇以五斗米，号为五斗米师。"而《三国志·张鲁传》和《后汉书·刘焉传》认为张道陵的孙子张鲁依靠母亲成了带兵的将军，后来杀了张修，"夺其众"，既兼并了张修的武装力量，又收编了张修的基层宗教组织。任继愈主编的《中国道教史》，也说张修才是"五斗米道"的真正创始人。《三国志·张鲁传》说："鲁在汉中，因其民信行修业，遂增饰之。"

张修作为教主，自然功劳不少，在前后约三十年的时间

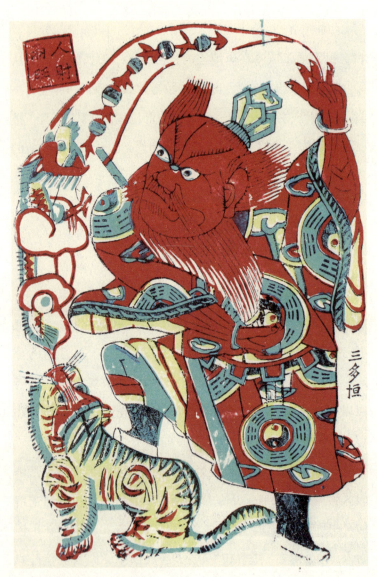

天师收五毒 / 杨家埠年画

里，张修将五斗米道发展成为汉中和巴郡地区不可小觑的力量，并以此对抗东汉政府。张修曾一度被招降封官，后与张鲁一起奉命攻打汉中，为张鲁所杀，部众和五斗米道均为张鲁收入囊中。张修虽死，但其人其道对中国道教的贡献，是不应该被埋没的。

知 识 广 角

风水宝地

本来，大凡人出生的第一声啼哭，都是为了第一次自然的呼吸。

可是，我们千百年来的传说里，常常要为帝王将相、奇人异士们的出生，编织出一幅美丽神奇的图画。张天师的出生，也如同所有杰出的人物一样，有不平常的来历。

话说东汉之初的东戈附近，住着一家张姓两口子，继承祖业，以磨豆腐为生，起早贪黑，诚恳待人。日子虽过得平淡，倒也自在踏实，知足常乐。虽然万事不放心上，却又有最大一桩心病和遗憾，"不孝有三，无后为大"。年过半百，已经算得老两口的夫妻，闲下来的时节，还是两眼对两眼，依然没有一儿半女承欢膝下。

不忙，无巧不成书，好事来了。就在一天夜里，两人收拾好活计，正要关门歇息，准备上床睡觉的当儿，抬头看对面屏风一样的天门崖下似乎有火光闪动。老大娘让老伴去看看，有什么动静。张老头借着星光，高一脚低一脚地走去。这里本来是茅封草长的空地，平时也没人把它怎样。可今晚近前一看，见地上有一个大坑，坑边插了个火把。夜里看不清土坑的深浅，只觉得雾蒙蒙紫气氤氲。刚想低头探看究竟，似乎一股力道将他推落下去。也没等他落地回过神来，顶上咔咔咔一道石门就锁死了。

原来邻村风水先生病重了，弥留之际，告诉自家儿子一个秘密，看了一世风水，选中崖下一块宝地，算是留给后辈的万贯家财，按照罗盘定好方位尺寸，赶快趁夜挖开。他们挖好之后，又回来准备木炭炉灰铺底。可等带着这些东西再回来的时候，地面已恢复了原状，只高高耸起卧牛形的坟堆。儿子们大吃一惊，慌忙回家告诉还未断气的风水老爹。老爹摇摇头，叹口气说："哎，人算不如天算呀，这是千古难逢的牛卧地，冬天落雪无痕，夏天日晒不枯，我本以为能保后代有人出将入相，位极人臣，如今可能是有人活闭其中，定是将来这家要出神仙了！罢了罢了，我还是多活几年吧。"

风水先生后来又多活了几年不说，这边张大娘在老伴落下的那一瞬，突然感到眼前一道闪电，肚子一震，脑子失忆，迷迷糊糊独自睡着了。

怀胎十个月，一个神奇的小生命诞生。这个小生命相貌俊秀，智慧超群。读书的时候，塾师为他起名叫张道陵。

天师镇宅 / 桃花坞年画

斩杀五毒

端午是我们民间传统的重要节日之一。千百年来，一直受到特别重视。

为什么端午节会受到民间特别重视呢？按照排行，五月是仲夏，是夏季的第二个月了。这个时候的季节特点，一方面天气渐热，另一方面却又极不稳定，明明太阳当顶，热得可以光膀子，可能突然就寒流袭来，转眼就要翻出棉衣穿上。民间谚语形象地描述："五月五，冻死老黄牯。"当然，冷热突变还好说，不过是添减衣服而已。真正令百姓头疼和困扰的问题是，"五月五，爆五毒"。

天气渐热本来是好事，顺天时之势，各种农作物快速生长，但相伴相生地，各种细菌也特别容易滋生繁衍，人们在野外活动的时间更长，那些能够直接对人构成伤害的蛇、蝎、蟾蜍、蜈蚣、壁虎（俗称"五毒"）之类的毒虫也纷纷趁机出动，肆虐猖獗，疫病在医疗条件落后的古代就会常常发生。"五月"，"恶月"，人们唯恐避之而不及。五月又五日，好事成双，祸事也不单行。于是，五月五日，又成了"恶月恶日"的谐称了。神州大地幅员辽阔，"五毒"的归类不但有时代的差异，往往也有地域的区别。比如说，有的地方是蝎子、蜈蚣、蛤蟆、蛇和壁虎；另一地方则可能是蝎子、蜈蚣、蛤蟆、蛇和蜘蛛；再一个地方则成了老虎、蝎子、蜈蚣、蛤蟆和蛇。

五月五，过端午，人们过得有点纠结。一方面表达怀念，另一方面又要坚持斗争。端午节的习俗形式多样，意义深远，比如，南方多龙舟竞渡、吃粽子之类，据说渊源于屈原伟大的爱国主义情怀，屈原因为楚怀王不听忠告偏信谗言，屡遭挫折，最后悲愤难遣，屈沉汩罗江。民间为了表达对爱国诗人的怀想和哀思，就用龙舟竞渡和吃粽子来招魂纪念。甚至有种说法，包粽子是为了给水里的鱼吃，让它们转移目标，不再啃伤屈原的身体。

五毒横行，如何拦截呢？民间一面想方设法，采用各种芳香植物熏烧悬挂的方式来驱避防躲；一面强烈希望有个大神天师降临民间，救我脱水火，消我灾难。

话说张天师本来也没闲着，一年四季游历天下，降妖捉怪。看他鹤发三千丈，用一根荆条勒住，仙风道骨一派天然，却也不免满身风尘；再看他座下跨骑一头吊额金睛猛虎，手持一柄万年松枝宝剑，削铁如泥，寒光凛凛，威灵十足。"我如此跋山涉水、马不停蹄，难道百姓还不满意，认为我还没有满足他们的期待？"天师是神，他是由人而变的神，一面是他流淌在血液里的回报百姓的慈悲情怀，一面又有一丝丝血肉之躯劳顿过后而挥之不去的委屈。"天师，您这是误会了，天下苍生没有丝毫对您的怨怪，他们只是表达一种不堪毒物侵袭的困扰！"

"只要百姓受到毒邪魔怪的侵扰，就说明我们的法网还有漏洞呀！"天师心灵通达，马上反思自己的责任，"哦，有了，我们得根据时令特点，因地制宜，开展专项的扫毒斩妖行动！"

天师的坐骑是神虎，只见神虎晃身一抖，跳到半天云中，仰天一声啸吼，深山野林为之震荡摇动。占山为王的虎们，老的小的，不分雄雌，立刻筋缩骨软，匍匐在地上，俯首帖耳，听候神虎的号令："小的们，每年端午前后，不得跑出各自地盘，不得抓捕农家禽畜，更不得伤人。"众虎磕头三下，表示服从。神虎再纵身一跳，收敛身形，驯服地依附到天师身边。天师拔出佩剑，往空中一抛，那琥珀剔透的松脂立刻化成五彩云雾，异香阵阵，弥漫空中，如丝如缕飘洒到地面，花草树木如同得到雨露滋养，欣欣向荣；蜈蚣、蝎子、癞蛤蟆、长蛇们则马上躲避，躲避不及的，沾到身上，皮开裂了，脚脱了，伤残了，慢慢死去。"怎样，对得起百姓吧！"天师合掌收功，颇有点为自己的神技而得意。

簇拥在天师身边的道徒们双手作揖，齐声称颂。"不过呢……"里面有个机灵胆大的表示有点忧虑，"天师，我有点担心：宇宙不灭，自然要循环，毒物们收得了一时，收不了永远。小草尚且野火烧不尽，春风吹又生，等到来年还要过端午，来年同样还会出现这些毒物的。那时，百姓还是受到困扰呀！"

"对呀，你的忧虑有道理！我一个张天师就是能分身十个，分身百个，那毒物一样也不能灭绝的呀。"

于是，张天师集思广益，制定规则，号召道门每年都来为驱邪除毒而出力，向民间传播和推广悬白艾、挂菖蒲、佩香囊、戴荷包、饮抹雄黄酒等做法，驱邪避毒，防免疫病。此外，天师又发明"五毒符咒"，或者让百姓描画天师神像，悬挂张贴，一样也可以祛邪除祟、辟瘟消灾、镇宅佑安。

小孩子尤其需要特别保护，天师又发明五毒衣给孩童穿戴，在孩童们夏天穿的兜肚上缝制出各种五毒图案，或者制作专供孩童们穿用的五毒衣、五毒鞋等。孩童们穿上后，不仅能防虫驱毒，而且衣、鞋等五颜六色，图案交织，观感上既有审美的价值，又彰显了孩童活泼可爱的天性。

天师伏五毒／武强年画

天师斩五毒 / 凤翔年画

成语典故——一人得道，鸡犬升天

这个成语的意思是：一个人得道成仙，全家连鸡、狗也都随之升天。比喻一个人做了官，和他有关系的人也都跟着得势。

典故的出处有多种，举一个例子为证：

晋代著名道家人物许真君，姓许名逊，字敬之，曾任蜀郡旌阳（今四川德阳市）令，所以又称旌阳先生。他为官清廉，为民兴利除害，后弃官东归故里，在江西南昌市新建区西山修身炼丹。

许逊精于医道，为人治病，药到病除，妙手回春，蜚声遐迩。当时正赶上南昌洪水泛滥，水中有一条蛟龙经常翻云覆雨、兴风作浪、为害人民。许逊就用神剑将蛟龙擒住锁于八角井中，从此风平浪静，风调雨顺，五谷丰登。据传东晋宁康二年（374年）农历八月初一，许逊活到136岁时，在西山得道，"举家四十余口，拔宅飞升"，连家禽家畜都带去了。后人为纪念许逊，在他举家飞升的遗址上修建道观，名为万寿宫，后来成为道教净明忠孝道发祥地。

传说许真君许逊、张天师张道陵，与太极左宫葛仙翁葛玄、崇恩真君萨翁真人萨守坚合称四大天师。

点悟·絮语

张天师收斩五毒，驱天下疾疫，得百姓拥戴，受后代香火供奉，理所应当。作为民俗，流传到今天，其意义完全演绎成一种文化象征了。时代发展，社会进步，自然万毒不为毒，人心之毒最为毒。为什么？所谓"五毒"，到了今天，已基本丧失了直接危害人类的功能。虽然"毒性依然在"，却是"几度夕阳红"了。而原来所谓"毒虫"，不但难以对我们构成危害，反倒因它们的日渐减少而成为珍稀物种，更需要受到人类的保护了。而人心之"毒"，当是尤其应该引起我们的高度重视。明清小说里常常可以读到"青竹蛇儿口，黄蜂尾上针，两者皆不毒，最毒妇人心"的怨语，这无疑是对女性的歧视、偏见与污蔑，但真正人心之"毒"，的确也是古已有之的。比如，孔子曾经有过严正指斥，"苛政猛于虎"，后来，唐代大散文家柳宗元有篇名文《捕蛇者说》也予以呼应。这篇名文的开头告诉我们这样的历史事实："永州之野产异蛇，黑质而白章；触草木，尽死；以啮（niè）人，无御之者。然得而腊（xī）之以为饵，可

以已大风、挛踠（luán wǎn）、瘘（lòu）、疠（lì），
去死肌，杀三虫。"可从二十世纪八十年代开始，伴
随着社会活力的极大释放，人民生活水平的提高及其
饮食需求的多元猎奇，永州异蛇很快被捕捉殆尽了。
雄霸山林的老虎，足迹消失，啸吼已是遥远的回响。
早几年报道陕西农民拍摄到了野生华南虎照片，轰动
一时。转眼之间，真相揭露，这是一桩造假事件，老
虎照片是用年画图片拍摄的。假照之"毒"甚于虎，
彰显的是社会公信与诚信丧失之"毒"。还有，世界
之大，多少犯罪团伙制毒贩毒，即便各国政府联合强
力打击，几时才可清除？近年来，毒奶粉、毒食品泛
滥，污染毒害蔓延，毒霾毒空气弥漫，几时才真正可
以放心地吃喝与自由畅快地呼吸？

第五章

忠君保国

——杨家将的故事

来 龙 去 脉

杨家将人物群像

　　"杨家将""薛家将""呼家将"是我国通俗小说史上著名的"三大家将小说"。杨家将故事是历史传奇故事，是巨型英雄系列故事。我国北宋初期，著名的边关守将杨继业和他的八个儿子及数十位女将们，在保卫边疆的战争中都立了赫赫战功。因此，人们一直在颂扬他们，流传了许多杨家将可歌可泣的故事。主要记载在纪振伦（秦淮墨客）校阅的《杨家府演义》、熊大木的《杨家将传》（又名《北宋志传》《杨家将演义》）等书里。

　　这些故事涉及杨家七代人物（杨家将故事版本众多，各版本人物姓名略有不同）。

　　第一代：金台侯金刀杨会、杨桂荣（女）。

　　第二代：金刀王杨会之子，火山王杨衮、杨嗣。

　　第三代：火山王杨衮之子杨继忠、杨继孝、杨继仁、杨继义、杨继康、杨继凯、金刀令公杨继业、杨继亮（杨袭义子）、杨继祖、杨崇训。

第三代的杨继业（令公）及其妻子佘赛花（令婆、佘太君）最为有名。杨继业，统领八千火山军挂帅扫北，横扫雁门，威震北国。他每次临阵前必举红"令"字旗为号，军中习惯称他为"金刀令公杨无敌"。他因战功被授予"火山王"称号，位列宋朝开国九王之一。后被困两狼山，盼救兵不到，率兵突围不成，走到苏武庙李陵碑前，绝望与饥渴交加，碰碑而死。佘赛花，杨继业的妻子。每次上阵前必打白色"令"字军旗，军中都称她为"金刀令婆佘太君"。追随丈夫为国征战几十年，其夫及七子二孙都为国捐躯。太祖皇帝赐她为一品诰命夫人。当西夏入侵宋朝边境之时，她深明大义，以百岁高龄亲自挂帅，体现了杨家将强烈的忠烈报国的精神。

第四代：七郎八虎，即杨继业七个儿子和一个义子：大郎杨延平、二郎杨延定、三郎杨延光、四郎杨延朗、五郎杨延德、六郎杨延昭、七郎杨延嗣、八郎杨延顺。八郎是老令公杨继业后来收的义子。杨家将故事主要在这一代。

第五代：杨继业孙辈。著名的有：大郎杨延平之子杨宗显及杨充广、三郎杨延光之子杨宗宪、四郎杨延朗之子杨宗峰、五郎杨延德之子杨宗槐、六郎杨延昭之子杨宗保及杨宗勉、七郎杨延嗣之子杨宗英、八郎杨延顺之子杨宗连等。

第六代：主要是杨宗保之子女。著名的人物有：杨宗保之子杨文广、杨文举（化名：木青）、杨金花（女）、杨宣娘（女）等。

第七代：主要是杨宗保之孙辈。著名的人物有：杨文广之子杨怀仁、杨怀兴、杨怀恩、玉面虎太平王杨怀玉（化名：吴玉）。

特别值得一提的是著名的"杨门女将"群像：佘太君之后几代杨家女英雄，共二十二人，包括佘赛花，大郎之妻花解语、周云镜，二郎之妻耿金花、邹兰秀，三郎之妻董月

金枪传杨家将前本／桃花坞年画

娥，四郎之妻孟金榜、铁镜公主，五郎之妻马赛英，六郎之妻柴郡主、王兰英，七郎之妻呼延赤金、杜金娥，八郎之妻蔡绣英、耶律银娥，杨八姐杨延琪，杨九妹杨延瑛，烧火丫头杨排风，杨宗保之妻穆桂英，杨宗英之妻姜翠苹，杨宗勉之妻焦月娘，穆桂英之女杨金花。"杨门女将"中最有名的是佘赛花和穆桂英。

　　杨家将故事有许多。主要有：宋太祖北征、无敌杨金刀、杨继业归宋、杨七郎打擂、贤王护义士、血战金沙滩、奸佞施毒计、杨令公捐躯、杨六郎告状、巧审潘仁美、黑松

金枪传杨家将后本／桃花坞年画

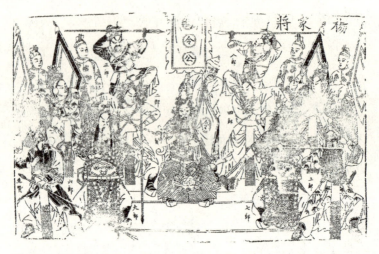

杨家将／平度年画

林除奸、兄妹同投军、晋阳大比武、独闯白云山、三擒莽孟良、盗马回三关、佘太君出征、平地起风波、夜杀谢金吾、老将闹法场、贤王救良将、他乡遇故知、义士献头颅、辽邦再兴兵、小宗保闯营、鸡公山练兵、巧摆公牛阵、吕道人出山、五郎献兵书、孟焦脱头盔、女杰显神威、三请穆桂英、穆桂英挂帅、大破天门阵、奸计陷朝臣、岳胜搬救兵、大战飞虎谷、宋辽止兵戈。

宋真宗遣兵征大辽／高密年画

杨家将经典故事

杨七郎力劈潘豹

　　金刀老令公的第七子杨延嗣，人称"杨七郎"。在"金沙滩战役"之前，杨继业七子中，大郎杨延平、二郎杨延定、三郎杨延光、四郎杨延朗、五郎杨延德五兄弟都因战功卓著，被封为殿前大将军。而六郎杨延昭、七郎杨延嗣因年纪较小，又无战功，杨继业便把他们安排在杨家军中做帐前校尉。

　　杨七郎十八九岁时，性格活泼可爱没心机，富有冒险精神，总是喜欢探求新鲜刺激的事物，处事不管后果，时常给众兄弟惹出不少麻烦，但同时也增添不少乐趣。他在杨家最受宠。

他身高八尺，黑脸环眼，是位少年英雄。使丈八蛇矛枪（和张飞一样），勇猛过人。一日因路见不平前去打擂，力劈擂主潘豹（宋朝丞相潘仁美之子），不慎失手把他打死了。潘仁美本来就和老令公杨继业矛盾重重、势同水火，七郎打死他儿子，他恨得咬牙切齿，于是上书宋朝皇帝，说"杨家依仗军功，肆意行凶"，要求严惩杨家并将七郎斩首示众。幸有铁鞭王呼延赞极力保全，杨七郎方才逃过一劫，后来被发配边关，随父亲杨继业驻守代州。

力撒（劈）潘豹 / 滑县年画

辕门斩子

北宋时，契丹入侵，抢走柴郡主和番。八贤王赵德芳命杨延昭追回柴郡主，并许之为妻，赠其珍珠衫一件为婚证。

不料皇帝已将郡主许与傅丁奎，使八贤王骑虎难下，遂与状元吕蒙正商议，下诏书一道，傅杨两家刀头争亲。

延昭救郡主返回瓦桥关后，其父杨继业以目无军纪为由，要在辕门斩子。延昭幸有诏书在身，加之佘太君苦苦劝解，方得赦免。杨家一起出动，力胜傅家。吕蒙正为媒，延昭与柴郡主成婚。

老辕门／凤翔年画

穆桂英挂帅

北宋年间，宋和辽交战，杨家将奉宋帝命令统领宋军保家卫国。六郎杨延昭的儿子杨宗保为得到宝物降龙木前去穆柯寨（穆桂英习武练兵的地方，在今山东肥城），与代父出征的穆桂英狭路相逢。桂英对杨宗保一见倾心，故意百般刁难，与他斗智斗勇，使杨宗保大伤脑筋。但几个回合下来，机智勇敢、纯真善良、敢爱敢恨的穆桂英渐渐地获得了杨宗保的心，两人历经千难万险，终于成婚。边疆战事吃紧，杨宗保的父亲六郎杨延昭被困敌营，多亏穆桂英用计相救才转危为安。杨延昭决定让已怀有身孕的媳妇穆桂英挂帅统领三军，众将领却内心不服，这时佘太君从孙媳身上看到了自己年轻时的影子，她力排众议支持儿子的决定。大帐内佘太君让穆桂英跟宋军将领们展开较量，穆桂英被逼应战，并且战胜了众将，掌管了元帅大印。穆桂英率宋军大破天门阵，战胜了辽军，两国罢战，为两国百姓赢得了和平。

穆桂英／凤翔年画

穆桂英破洪州 / 凤翔年画

杨宗保／凤翔年画

穆柯寨/红船口年画/清

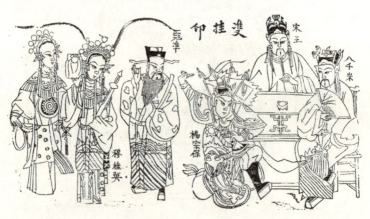

双挂印/凤翔年画

穆桂英大破天门阵

大宋皇帝派杨延昭率领孟良、焦赞二将和他的儿子杨宗保去镇守边关。走到泰山脚下，遇到了两股强敌，一是白天祖在这里大摆天门阵，一是穆桂英占领着穆柯寨。这两股力量都非常强大，杨延昭不将他们削平，军队就难以前进。于是，他先在泰山脚下安营扎寨，以便探明情况再作理会。白天祖摆天门阵的地方，其实就是现在泰山的南天门，路两边悬崖峭壁，一夫当关，万夫莫开。杨延昭派孟良、焦赞在山下扎营屯兵，准备攻打天门。穆柯寨，在泰山西边一百余里，穆天主的女儿穆桂英占据着这个地方。这穆桂英本是少女，但完全是大丈夫气概。面对强敌，杨延昭派儿子杨宗保率领一队人马，前往探营侦查，准备进攻。没想到他们刚到穆柯寨下，就被寨上的哨兵们发现，禀报给了穆桂英。穆桂英闻讯，穿上战袍跨上战马，直奔山下。来到阵前一看，只见是一位身穿白袍的小将，便大吼一声问："来者何人，怎敢闯我阵营？"杨宗保见她是个娇弱少女，根本不把她放在眼里，大声回道："我乃宋朝大将杨延昭之子——杨宗保。"二人互报姓名后，便在阵前厮打起来。穆桂英手使大刀，杨宗保挥舞银枪，两人大战几十个回合不分高下。突然，穆桂英收回大刀，回身用刀杆拦腰打来，杨宗保没有提防她这一招，结果被打下马来，兵士们一拥而上，把杨宗保

肖邦巧摆天门阵/高密年画

捆绑起来。杨延昭听到儿子被俘的消息，心中非常惊慌，生怕杨宗保一去不返，丢了性命。正在犯愁的时候，探马来报："宗保被擒上山去了。若要救得宗保，须有一事相许。""快快讲来。"杨延昭急切地说道。"穆氏桂英向宗保求婚，如果答应，不但宗保能活命，还可以帮着我们破天门阵。否则，宗保性命难保。"杨延昭听说穆桂英能破天门阵，想到自己的处境，想到儿子的性命，只好点头答应了。穆桂英见杨延昭答应，喜不自胜，不等完婚，就和杨氏父子合兵，前往南天门破白天祖的天门阵。南天门下面，全

穆桂英大破天门阵 / 桃花坞年画

是悬崖峭壁，白天祖在这里布下了短刀手、弓箭手，可以说是寸步难行。穆桂英心生一计，她带着大队人马转到泰山背面，沿着南天门后的大山谷直奔而上，来到南天门的后面。白天祖全神贯注盯着正面，哪想穆桂英从背后猛插一刀，措手不及，慌忙间与穆桂英交战，兵士们一见都乱了阵脚，穆、杨两家，前后夹击，把白天祖打得个人仰马翻。就这样，穆桂英破了天门阵。

金沙滩双龙赴会

传说北宋初年，辽宋对垒，宋太宗赵光义在五台山进香还愿，被辽兵围困在五台山，辽主萧银宗在幽州金沙滩设宴请太宗赴会，意欲乘势威胁，进占中原。

杨继业识破了阴谋，令儿子杨大郎假扮宋君，与七个弟兄赴会。席间杨大郎先发制人，用袖箭射死天庆王，双方血战；大郎、二郎、三郎阵亡，四郎、八郎被擒，七郎和五郎、六郎闯出重围。五郎看破红尘在五台山出家，七郎杀出重围搬救兵不成反被奸臣潘仁美乱箭射死，救兵不至，杨继业带六郎死战两狼山，父子杀散，老令公触李陵碑身亡。

《金沙滩》还有另外一个题材相同且情节类似的戏剧，名《双被擒》。《双被擒》表现了金沙滩会上，宋辽交锋，杨四郎、八郎同被辽邦公主所擒，萧后不知二人为杨家之后，反为公主招赘为驸马。

金沙滩设宴双龙赴会／潍县年画

知 识 广 角

杨家将故事是不是真的?

五代梁唐晋汉周，其中（北）汉的麟州刺史杨信有子杨崇贵，后改名杨业，曾任北汉建雄军节度使，归顺宋太祖后，成为抗辽名将，人称"杨无敌"。杨业之子杨延朗（后来为了避皇帝的讳，更名杨延昭）能征善战，名扬沙场，辽兵惧其勇猛，呼其为"南斗六星杨延朗"，久而久之，在民间演化为"杨六郎"。杨延昭有四子，其中三子杨文广，字仲容，抗西夏，平叛将，屡立战功。杨家将后代还有杨宗闵、杨震、杨存中、杨价、杨文、杨邦宪等著名人物。宋朝末年，杨家祖孙三代在川黔一带抗击元军达四十五年之久，直到宋朝灭亡。从五代北汉的杨信（杨业）到宋朝末年的杨邦宪，杨家将共传十三代。这些都是真实的历史。

就像《三国演义》一样，杨家将的故事以一定的历史事实为基础，进行了大规模的艺术虚构加工，美化升华，尤其是大大增强了传奇性，许多故事都像神仙传奇，具有奇异的故事情节。这是中国民间文学的特点。比如杨业本是潘美手下一员猛将，北宋前五的名将有潘美而没有杨业。杨业没有什么文化，只是冲锋陷阵的猛将，也没有帅才，与小说相差很远。潘美功劳高能力大品行好，不是奸臣，与小说中的潘仁美完全不同。杨延昭与杨文广多年守边，但都只与辽打过一次仗。杨宗保、穆桂英的故事也是虚构的。

点悟·絮语

杨家将的英雄传奇故事是我国宋元以来在戏曲艺术和说唱艺术中流传最广、影响最大的历史传奇故事之一。老令公杨继业、佘太君、七郎八虎（特别是杨六郎杨延昭）、杨宗保、穆桂英、杨文广、八姐、九妹，包括烧火丫头杨排风，几乎都是家喻户晓的英雄人物。在戏曲舞台上，这传奇的一家人都表现了强烈的爱国主义精神，有着崇高的英雄气概。"金沙滩"一战，杨氏兄弟死伤殆尽，接着又是令公碰碑，七郎被害，五郎出家，四郎、八郎失踪。仅剩的六郎依然在为国征战。六郎死后，他的子孙——杨宗保和杨文广，仍然是保家卫国的中流砥柱。杨家不仅男性上战场，女性也是巾帼不让须眉，智勇胜过男子，百岁高龄的寡妇佘太君挂帅，穆桂英挂帅，让多少中华儿女热血沸腾！民间之所以演绎出"杨家将"这一反抗侵扰的英雄群像，源于宋元以来深受侵扰的北方人民对这些英雄的纪念和向往，寄托着处于压迫下的人民的理想和希望，也是对当时屈辱投降、腐败无能的统治阶级的讽刺和批判。

第六章

爱国正气

——岳飞的故事

来 龙 去 脉

名将岳飞

岳飞，字鹏举，他的家乡是现在的河南省汤阴县。他一生只活了三十九岁，但他是南宋"中兴四将"（岳飞、韩世忠、张俊、刘光世）中最有名的，是我国历史上"勇智才艺，古良将不能过"的杰出军事家，也是我国历史上最著名的英雄之一。岳家将的系列传说在民间也流传甚广，岳飞成为民间百姓口耳相传的英雄。

传说岳飞青年时期练就了一身高超武艺。宋徽宗宣和四年（1122年），岳飞十九岁时，应真定（今河北正定）宣抚使刘韐的招募，当了一名"敢战士"。刘韐看到岳飞一身好武艺，指定他当了一名小队长。岳飞从军后，参加了宋、金联合攻打辽国燕京的战斗。这次攻战，宋军越过了卢沟河，攻入了燕京城内。但在巷战时却被辽军打得大败，岳飞也只得随败兵溃退。

五年后，岳飞辗转归附了宗泽，来到了开封城外。宗泽十分赞赏岳飞的才能与勇气，举岳飞为"踏白使"，率领五百骑兵去抵抗汜水关（今河南汜水镇西）的敌人。汜水关地势险要，为东西两面的重要交通咽喉，面对数倍于己的金军，宜速胜而不宜久战。岳飞随即命令三百名士卒，每人缚好两束柴草埋伏在前山脚下，等到半夜，点燃柴草四端，高高举起，照得满山通明，宋军夜战金军，金军大败。岳飞凯旋之后，宗泽举岳飞为统领，继又提为统制。

靖康二年（1127 年）四月，金兵大举进犯，攻陷首都开封（汴梁），掳走徽、钦二帝。徽宗第九子康王赵构，险些也身陷异邦，但他不甘灭亡，巧妙地挣脱了金邦四太子完颜宗弼（金兀术）的严密监视，铤而走险，策马南逃。赵构于同年在南京（今河南商丘）登基称帝，恢复了宋室王朝，改年号为"建炎"，掀开了南宋历史的第一页。

建炎二年（1128 年）七月，抗金老将宗泽死于开封留守任上，接替他的杜充，是一刚愎自用、喜欢残杀的无能之辈，集结在开封周围原为宗泽节制的各路军队和民军，便不战自乱，自相残杀起来，金兵也趁机来犯。

面对来势凶猛的金邦大军，为了保住自己的王位和赵家天下，赵构采纳了主战派的建议，决定再度起用已被贬黜的忠臣良将岳飞，由他挂帅，抵御完颜宗弼大军。岳飞率军出征行前回府别母，岳母恐其志不坚，于其背刺"精忠报国"四字，以为诚。岳飞集合好自己的部队，激励部下说："我辈……当以忠义报国，立功名，书竹帛，死且不朽。若降而为虏，溃而为盗，偷生苟活，身死名灭，岂计之得矣？"

　　岳飞带领岳家军，势如破竹，屡破金兵，即将实现还我河山的理想之时，高宗和秦桧却一心求和，连发十二道金字牌班师诏，命令岳飞退兵。岳飞抑制不住内心的悲愤，仰天长叹："十年之功，毁于一旦！所得州郡，一朝全休！社稷江山，难以中兴！乾坤世界，无由再复！"他壮志难酬，只好挥泪班师。岳飞回临安后，即被解除兵权，任枢密副使。绍兴十一年（1141 年）八月，高宗和秦桧派人向金求和，完

岳武穆精忠报国前图 / 桃花坞年画

岳武穆精忠报国后图／桃花坞年画

颜宗弼要求必先杀岳飞，方可议和。秦桧乃诬岳飞谋反，以"莫须有"的罪名将其下狱。

绍兴十一年十二月二十九日，秦桧将岳飞杀死于临安风波亭，是年岳飞仅三十九岁，其子岳云及部将张宪也同时被害。宁宗时，岳飞的冤情得以昭雪，被追封鄂王。

岳飞大战杨再兴

传说岳飞率领兵将抵御完颜宗弼大军，行至山东地面，忽报"圣旨到"。圣旨曰："今有叛将杨再兴称兵于九龙山畔，实为征途之阻障，宜讨而服之。为鼓大军士气，皇后亲绣龙凤纛旗，用表精忠报国，以助军威。钦此。"

　　杨再兴是老令公杨继业之后裔。岳飞想：我若将他扫灭，岂不有负前辈忠良？于是，岳飞想出一个两全的主意。

　　岳飞向部将牛皋下令，命他带领三千人马，先行去九龙山，劝那杨再兴归顺朝廷。牛皋拜山，杨再兴没有接受牛皋的规劝，而是严词拒绝归顺朝廷。牛皋生性粗鲁豪爽，发了火："你若执意不降，别怪我们岳家军不客气！"

　　杨再兴也是血气方刚之人，斩钉截铁地说："叫我协力抗金却也不难，必先与你家元帅一决高下！"

　　当岳家军来到之时，按照杨再兴说的要和岳飞一决高下方可协力抗金，二人比起武来。杨再兴枪法娴熟，岳飞稳健应招，二人接连打了二十几个回合，难分高下。脾气毛躁的牛皋哪里有看下去的耐心，他看到催押粮草的岳云来了，要岳云帮他爹一把。岳云冲进岳飞与杨再兴之间，不管三七二十一，举起双锤就向杨再兴打去。

　　岳飞率众回到营帐，立即传令将岳云斩首示众。原来，岳飞与杨再兴比武前有单挑的诺言。众将纷纷为岳云求情，岳飞却坚决不肯赦免。牛皋大声嚷了起来："岳云助阵，是我出的主意，要杀要砍，我老牛一个人顶着！没孩子什么事！"说着从公案桌上抽出岳飞的宝剑就要自刎。

　　岳飞只好听从众人的劝解："岳云误犯军令情有可原，

死罪可免，活罪难饶，拉下责打四十军棍！"牛皋以身体护着岳云，也挨了几下，行刑之后，二人走路都变得一瘸一拐的。岳飞随即命令牛皋："陪伴岳云一起到九龙山，向杨再兴说明原委，请他验伤；并再次相约，明日继续在山下比武。"

　　第二天，双方人马如约会阵于九龙山下。杨再兴依然骁勇异常，娴熟的枪法密不透风。岳飞全神贯注，不敢大意，几个回合之后，他终于抓住杨再兴的一个疏漏，用梦中令公

九龙山·岳飞（右）大战杨再兴／开封年画

九龙山·岳云大战杨再兴／开封年画

传授的祖传刀法，将杨再兴打落马下。

　　岳飞飞身下马，急步趋前，双手搀扶杨再兴说："岳飞出手过重，还要恳请将军原谅！"杨再兴终于被岳飞的一片真诚感动了："再兴情愿归顺元帅麾下，任凭元帅调遣。"岳飞收服了杨再兴，如虎添翼，接连数次大挫金军，直至将完颜宗弼赶出中原。

九龙山·岳飞大战杨再兴/朱仙镇年画

"撼山易，撼岳家军难"

　　岳家军是正义之师、爱国之师。岳飞严厉规定部属不许侵掠百姓，做到"秋毫无犯"，岳家军"冻死不拆屋、饿死不打掳"的军风赢得了人民的热爱。当南侵的金军率部北移时，分布在长江下游的南宋几个大将的几十万部队，全都拥兵自重，徘徊不前，坐失战机，只有岳飞打击了金军。

　　岳飞直趋建康，对金军予以拦腰猛击，并与埋伏在建康附近的乡兵配合，收复了建康，就任通、泰镇抚使。之后，岳飞又接受了南宋王朝一次次的"诏命"，平灭了李成、张用和曹成等军贼游寇。绍兴三年（1133年），由于岳飞的抗金战绩和在国内各战场上所赢得的战功和声望，南宋政府就把东起江州（今江西九江），西到荆州，北边包括长江北岸的一些州县，划为一个军区，指定由岳飞负责防守。

岳飞屡次向赵构上书，陈述收复中原的方略，但都不为赵构所用。直到绍兴四年，伪齐直接威胁到宋长江上游的安全，并危及下游的时候，岳飞才得以率兵北上进攻伪齐。这次北伐虽然"五战五捷"，却因朝廷措置岳家军粮草不力，以致留在襄阳兵营中的士兵，竟有饥饿而死的，岳飞不得不撤回鄂州。此次北伐，岳飞壮志未酬，写下了千古绝唱的名词《满江红》。

绍兴七年，岳飞升为太尉。他屡次建议高宗兴师北伐，一举收复中原，但都为高宗所拒绝。绍兴九年，高宗和秦桧与金议和，南宋向金称臣纳贡。完颜宗弼撕毁和约，再次大举南侵。岳飞奉命出兵反击，相继收复郑州、洛阳等地，在郾城大破金军精锐铁骑兵"铁浮图"和"拐子马"，金兵大败。岳飞乘胜进占朱仙镇，距开封仅四十五里。完颜宗弼被迫退守开封，金军士气低落，发出"撼山易，撼岳家军难"的哀叹，不敢出战。

屈死风波亭

绍兴十年七月，岳飞军队从临颍杀向开封即将收复失地的时候，南宋皇帝宋高宗因被秦桧蛊惑，强令岳飞退军班师。岳飞鉴于当时即将完胜的战局，上书力争："金虏屡经败衄，锐气沮丧。虏欲弃其辎重，疾走渡河。今豪杰向风，士卒用命，功及垂成，时不再来，机难轻失。"

隔了两三天，大军先锋已进抵朱仙镇，金军统帅已逃出开封了，岳飞却在一天之内接连收到十二道宋高宗的金字牌班师诏，措辞严厉：命大军即刻班师。岳飞本人不得不亲自去临安（当时南宋都城，今杭州）朝见。

岳飞收到如此荒唐的命令，愤恨惋惜，泪如雨下："十年之功，毁于一旦！"但在朝廷高压之下，他不得不下令班师。百姓闻讯拦在岳飞的马前，哭求留下。岳飞无可奈何，含泪取诏书给众人看，说："吾不得擅留。"于是哭声震天。大军班师鄂州（今武汉），岳飞往临安朝见宋高宗。金军又回师开封，整军攻取了被宋军收复的河南地区。岳飞在班师途中得知这消息，不由得仰天悲叹："所得州郡，一朝全休！社稷江山，难以中兴！乾坤世界，无由再复！"

岳飞回到朝中，再三恳请朝廷解除其军职，回家耕田。高宗以战争还未结束为由不许。

绍兴十一年正月，金人统帅完颜宗弼再度领军南下。二月，岳飞领兵第三次驰援淮西，这也是他最后一次参与抗金战斗。

这次战斗之后岳飞回到临安，即被解除兵权。高宗和秦桧派人向金求和，完颜宗弼要求"必杀飞，始可和"。秦桧乃诬岳飞谋反，将其下狱。

绍兴十一年十二月二十九日，秦桧以"莫须有"的罪名将岳飞赐死，这年岳飞仅三十九岁，他的儿子岳云及部将张宪也同时被害。

岳飞被害前，在风波亭中写下八个绝笔字"天日昭昭，天日昭昭"。岳飞被害后，一个监狱看守冒了生命危险，将岳飞遗体背出杭州城，埋在钱塘门外九曲丛祠旁。岳飞沉冤二十一年后，绍兴三十二年，宋孝宗即位，准备北伐，便下诏为岳飞平反，追谥武穆，所以后代尊称岳飞为武穆侯。

宋之岳飞 / 绵竹年画

莫须有

南宋投降派头子秦桧为了害死岳飞，达到与金人议和的目的，唆使同党万俟卨向宋高宗呈上一道捏造岳飞抗金时拥兵不救、放弃阵地等诸多"罪名"的奏折，又收买几个官员去诬告岳飞的儿子岳云曾写信给张宪，说他想和张宪共同发动兵变。

绍兴十一年九月，张宪被捕入狱；十月，岳飞、岳云父子俩也被捕入狱。已经辞官在家的老将韩世忠忍不住去问秦桧，岳飞有什么罪，秦桧蛮横地回答："飞子云与张宪书虽不明，其事体莫须有？"韩世忠气愤地说："'莫须有'三字，何以服天下！"这年十二月，高宗赐死了岳飞。

"莫须有"到底什么意思呢？有这么几种说法：或许有；必须有；莫，须有（"莫"，表示秦桧的迟疑，"须有"，表示必须有）；难道没有；不须有。

知 识 广 角

"岳母刺字"有无其事？

提到岳飞，青少年朋友们都会立马想到岳母刺字"精忠报国"的故事。

岳飞十五六岁时，北宋遭到北方金国的入侵，岳飞投军抗金。不久因父丧，退伍还乡守孝。靖康元年（1126年）金兵又大举入侵中原，岳飞再次投军。临行前，姚太夫人把岳飞叫到跟前，说："现在国难当头，你有什么打算？""到前线杀敌，精忠报国！"姚太夫人听了儿子的回答，十分满意，"精忠报国"正是母亲对儿子的希望。她决定把这四个字刺在儿子的背上，让他永远铭记在心。岳飞解开上衣，露出瘦瘦的脊背，请母亲下针。姚太夫人问："孩子，针刺是很痛的，你怕吗？"岳飞说："母亲，小小钢针算不了什么，如果连针都怕，怎么去前线打仗！"姚太夫人先在岳飞背上写了字，然后用绣花针刺了起来。但"国"字没有一点，象征国内无首。刺完之后，岳母又涂上醋墨。从此，"精忠报国"四个字就永不褪色地留在了岳飞的后背上。母亲的鼓舞激励着岳飞。岳飞投军后，很快因作战勇敢升秉义郎。这时宋都开封被金军围困，岳飞随副元帅宗泽前去救援，多次打败金军，受到宗泽的赏识，宗泽称赞他"勇智才艺，古良将不能过"。岳飞后来成为著名的抗金英雄，受历代人民所敬仰。

有人说历史上没有这回事，也有人说"精忠报国"应为"尽忠报国"甚至"赤心救国"。到底有没有这个故事？是"精忠报国"还是"尽忠报国"甚至"赤心救国"？

岳母刺字的故事，正史没有记载，宋代民间的文章也没有叙述，岳飞之孙岳珂所著的《金陀粹编》也没有说到。这个故事最早见于元人所编的《宋史本传》，书中说："初命何铸鞠之，飞裂裳，以背示铸，有'尽忠报国'四大字，深入肤理。"但这书中没说是岳母刺字。

至明代中叶，岳飞的故事开始广为流传。

明成化年间产生的《精忠记》，提到岳飞背脊有"赤心救国"字样。

明代嘉靖三十一年（1552年）熊大木的《武穆精忠传》记有岳飞见汤阴家乡有人因生活所迫，聚啸山林，为自勉和勉人，乃出钱请工匠在背上深刺"尽忠报国"四字。

明末，由李梅草创，冯梦龙改定的《精忠旗》，内称："史言飞背有'精忠报国'四大字，系飞令张宪所刺。"如若这样，"精忠报国"是岳飞成为大将后，命部将张宪刺的。

"岳母刺字"，最早见于清乾隆年间，杭州钱彩评《精忠说岳》。该书第二十二回，回目"结义盟王佐假名，刺精忠岳母训子"。内容为，岳飞不受杨幺的使者王佐之聘，其母恐日后还有不肖之徒前来勾引岳飞，倘若一时失察受惑，做出不忠之事，英名就会毁于一旦。于是祷告上苍神灵和祖宗，在岳飞背上刺了"精忠报国"四字。该书叙述岳母刺字时，先在岳飞脊背上，用毛笔书写，再用绣花针刺就，然后涂以醋墨，使其永不褪色。描述得具体而详细。但有些学者认为，纹身刺字是一门特技，有严格的操作程序和技巧，绝非一般常人所能。岳母乃家庭妇女，不可能具有这种技艺，显然是作者按照元、明有些传记中有岳飞背上刺字的记叙，加以想象发挥，艺术加工构造的。因此，岳飞脊背上是否有刺字？所刺何字？是谁之手刺的？尚是个难解之谜。

"还我河山"是岳飞所写吗？

河南南阳卧龙岗石刻有岳飞草书"还我河山"，很多人都以为是岳飞手书的，其实不然。宋史专家朱瑞熙表示，"还我河山"四字并非岳飞手书，而是清末秀才周承忠集钩而成。

据周承忠回忆："辛亥光复后，童君季通（童世亨）将所著中学适用的《中国形势一览图》改正重印，嘱余在面页书'还我河山'四字。余因书而不称意，乃就旧藏石刻岳武穆所书《吊古战场文》拓本中，钩'秦汉而还'之'还'字；'我'字文中无，即以其'奇兵有异于仁义（繁体義）'之'义'字下半截充之；又钩'河水萦带，群山纠纷'之'河山'二字（注：其实为'河冰（误作兵）夜渡'之'河'字与'山川震眩'之'山'字），凑成以报之。而童君以为既是集钩武穆书，何妨即用武穆款。于是复以缩本《出师表》后署名之'岳飞'二字照钩为款。又在杭州岳庙石刻拓本内钩'岳飞私印'四字之方章。当即排为两行：第一行'还我河'三字，'我'字较小，且起笔不甚清晰，好在介于'还''河'二字之间，尚不嫌其不称。第二行'山'字下为款及名印。涂墨为黑地白字，俾肖拓本。童君即照印在地图之次页，出版发行。后来商务印书馆将此页照印入《东方杂志》，而东三省又翻印入所出版之杂志，竟误以为石刻拓本矣。"

还我河山／佛山年画

佳作赏析

满江红

岳飞

怒发冲冠①，凭栏处、潇潇②雨歇。抬望眼、仰天长啸③，壮怀激烈。三十功名尘与土，八千里路云和月。莫等闲④，白了少年头，空悲切。

靖康耻⑤，犹未雪；臣子恨，何时灭。驾长车，踏破贺兰山⑥缺。壮志饥餐胡虏肉，笑谈渴饮匈奴血。待从头、收拾旧山河，朝天阙⑦。

注释：

①怒发冲冠：指愤怒得头发直竖，顶着帽子。形容极端愤怒。

②潇潇：形容雨势急骤。

③长啸：感情激动时撮口发出清而长的声音，为古人的一种抒情举动。

④等闲：轻易，随便。

⑤靖康耻：宋钦宗靖康二年（1127年），金兵攻陷汴京，俘虏了宋徽宗和宋钦宗，北宋灭亡。

⑥贺兰山：贺兰山是我国宁夏回族自治区西北山岭。公元前127年，汉朝著名战将卫青、李息率军北上抗击匈奴，再一次将中原汉族政权的军

事力量延伸到贺兰山地区。二十一年后，汉武帝分全国为十三刺史部，下辖郡县，其中在贺兰山东麓设立了属于北地郡管辖的廉县（今宁夏平罗县暖泉农场一带），这是汉族政权在贺兰山地区设立的第一个县级行政建制，也标志着贺兰山开始走进汉朝政权的统治范围。

⑦天阙：官殿前的楼观。

译文：

愤怒得头发冲掉了帽子，凭栏远眺，纷纷大雨刚刚停下。抬头远望，仰望着天空发出声音，雄壮的报国之心在怀中激荡。三十年来所得的功名如同尘土，八千里路上经过多少风云。不要空空将青春消磨，等到头发白了，才知道后悔。

靖康之变的奇耻大辱，至今也还没有昭雪。大臣和人民的愤恨，何时才能消除啊！我要驾上战车，（像汉朝卫青一样）踏破贺兰山口。在实现雄心壮志的时候，饿了就吃敌人的肉充饥，渴了就喝敌人的鲜血。等到像从前一样，收复旧日山河，穿着朝服向朝廷报告胜利的消息。

赏析：

这是首千古传诵的爱国名篇。

可以说，在我国古代诗词中，没有一首词像这首词那样有这么深远的社会影响，也从来没有一首词像这首词那样具有激奋人心、鼓舞人们上战场杀敌的力量。

上片抒发作者为国立功满腔忠义奋发的豪气。

以愤怒填膺的肖像描写起笔，开篇奇突。凭栏眺望，指顾山河，胸怀全局，正英雄本色。

"长啸"，感慨激愤，情绪已升温至高潮。

"三十""八千"二句，反思以往，包罗时空，既反映转战之艰苦，又谦称建树之微薄，识度超迈，下语精妙。"莫等"期许未来，情怀急切，激越中微含悲凉。

下片抒写了作者重整山河的决心和报效君王的耿耿忠心。

下片开头四个短句，三字一顿，一锤一声，裂石崩云，这种以天下为己任的崇高胸怀，令人扼腕。

"驾长车"一句豪气直冲云霄。在那山河破碎、士气低沉的时代，将是一种惊天地、泣鬼神的激励力量。

"饥餐""渴饮"虽是夸张，却表现了诗人足以震慑敌人的英雄主义气概。

最后两句语调陡转平和，表达了作者报效朝廷的一片赤诚之心。肝胆沥沥，感人至深。全词如江河奔涌，曲折回荡，激发处铿然作金石声。

点悟·絮语

　　岳飞可以说是我国古代完美的英雄形象，无论官民、公私都对他给予了极高的评价，民间崇拜他可与关羽比肩，年画中也体现了百姓的这种崇敬之情。他身上体现了我国古人崇尚的诸多传统美德，一般公认他有如下优秀品质。

　　1. 军事才能举世罕见。他作战绝大多数都是以少胜多。平生大小一百二十六战，几无败仗。南熏门之战竟以八百壮士击溃五十万敌军，可称战神！他是中国历史上最伟大的军事家之一。

　　2. 忠孝两全。既忠于国、忠于君，又孝于长、孝于亲，这方面的事例毋庸赘述。

　　3. 为人坦荡，胸怀广阔。岳飞心胸开阔，光明磊落，具有强大的人格魅力。岳飞的不少敌人，如岳家军第一猛将杨再兴等，都成为他的部下和战友。正因如此，岳家军才越来越强大。

　　4. 仁爱亲民，体恤百姓。《岳飞传》中有句"东南民力竭矣"的话，是岳飞对百姓的心痛。绍兴十年宋军南撤时，数十万江北六州百姓不愿岳飞走，可见民心所系。

　　5.文学才能颇高。后代仁人志士读到他的《满江红》都会倍受鼓舞，热血沸腾。

第七章

惩恶扬善

——水浒豪杰的故事

来 龙 去 脉

《水浒传》概况

　　大家知道中国四大古典名著是《三国演义》《水浒传》《红楼梦》《西游记》。《水浒传》，描写北宋末年以宋江为首的一百单八位（三女）好汉在梁山起义，以及聚义之后接受招安、四处征战的故事。这是一部描写古代农民起义的长篇小说，也是汉语文学史上最早用白话文写成的章回小说之一。《水浒传》版本众多，流传极广，脍炙人口。它形象地描绘了农民起义从发生、发展直至失败的全过程，深刻揭示了起义的社会根源，满腔热情地歌颂了起义英雄的反抗精神和他们的社会理想，也具体揭示了起义失败的原因。

　　《水浒传》以农民起义的发生、发展过程为主线，通过各个英雄被逼上梁山的不同经历，描写出他们由个体觉醒到走上小规模联合反抗，再到发展为盛大的农民起义队伍的全过程，表现了"官逼民反"这一封建时代农民起义的必然规律，塑造了农民起义领袖的群体形象，深刻反映出北宋末年的政治状况和社会矛盾。

作者站在被压迫者一边，歌颂了农民起义领袖们劫富济贫、除暴安良的正义行为，肯定了他们敢于反抗、敢于斗争的革命精神。

小说以高俅发迹作为故事的开端，意在表明"乱自上作"，高俅是封建统治集团的代表人物。书中写了大批贪官污吏和地方恶霸，正是他们狼狈为奸，鱼肉百姓，才迫使善良而正直的人们不得不铤而走险，奋起反抗。小说深刻地揭示出了封建时代农民起义的深层原因。

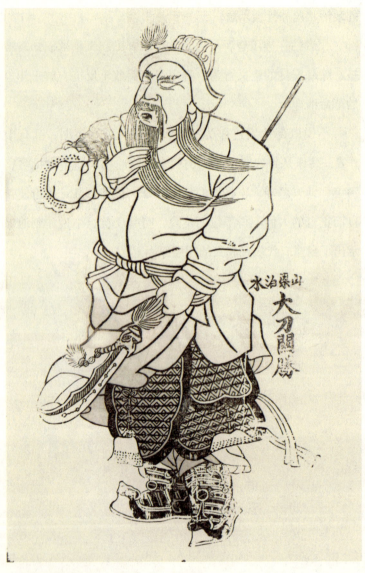

大刀关胜／绵竹年画

双鞭呼延灼 / 绵竹年画

燕青卖线/桃花坞年画

镇三山黄信／绵竹年画

孙二娘 / 绵竹年画

知 识 广 角

豹子头林冲

林冲生性耿直，勇而有谋，为人安分守己，循规蹈矩。关于他的经典故事有误闯白虎堂、风雪山神庙、火烧草料场、雪夜上梁山。

林冲爱结交好汉，武艺高强，惯使丈八蛇矛。在梁山泊英雄中排行第六，马军五虎将中第二员，原为东京八十万禁军教头。因他的妻子被高俅的儿子高衙内调戏，自己又被高俅陷害，在发配沧州时，幸亏鲁智深在野猪林相救，才保住性命。被发配沧州牢城看守天王堂草料场时，又遭高俅心腹陆虞候放火暗算。林冲杀了陆虞候，冒风雪连夜投奔梁山泊，为白衣秀士王伦所不容。晁盖、吴用劫了生辰纲上山后，王伦不容这些英雄，林冲一气之下杀了王伦，把晁盖推上了梁山泊首领之位。林冲武艺高强，打了许多胜仗。在征讨江浙一带方腊率领的起义军胜利后，林冲得了中风，被迫留在杭州六和寺养病，由武松照顾，半年后病故。

误入白虎堂：高俅的儿子高衙内想占有林冲之妻，于是陆虞候、富安等设计陷害林冲。先是诱使林冲买下一把宝刀，然后约林冲到太尉府比看，把林冲骗到军机要地白虎节堂，诬陷林冲手执利刃独闯节堂是要刺杀太尉，把林冲拿下，押送开封府。林冲因此中计被擒。

风雪山神庙：林冲由于被高俅陷害私自带刀入白虎堂，被发配到沧州。由于朋友柴进的关照，他被安排去看守草料场。高俅要对林冲赶尽杀绝，派陆虞候到沧州谋害林冲。陆虞候在多次谋害不成的情况下，便想一把火烧了草料场，并把林冲烧死。这天下着大雪，林冲出门打酒，当他回到草料场时，见屋子被雪压塌了一块，没法住了，想起离草料场不远有处山神庙，便投向那里过夜。在山神庙中林冲忽然听到外面有爆响，一看是草料场起火了，便要去救火，刚要出门见得陆虞候等刚放了火过来，嘴里还说着要烧死林冲如何如何，林冲见状明白了原委，将陆虞候杀死。后林冲在众兄弟的劝解下，无奈上了梁山。

行者武松

武松崇尚忠义，勇而有谋，有仇必复，有恩必报。关于他的经典故事有景阳冈打虎、血刃潘金莲、斗杀西门庆、醉打蒋门神、大闹飞云浦、血溅鸳鸯楼、除恶蜈蚣岭。

景阳冈武松打虎：武松要回清河县探望哥哥，路过景阳冈。在酒店里，"三碗不过冈"的烈酒，武松喝了十八碗。酒足饭饱后，不听店小二的劝告，独自往景阳冈赶路。当时已是傍晚，武松酒力发作，见路旁一块大青石，正想躺下休息，一只大老虎向他扑来，武松一惊，忙翻身躲过。那老虎再扑过来时，被武松尽力按住，一顿乱打，老虎竟被活活地打死了。

景阳冈武松打虎／桃花坞年画

武松杀嫂／红船口年画

　　斗杀西门庆：一日，潘金莲挑帘失手，将竹竿打在西门庆头上。西门庆乃是阳谷县的恶霸，见潘金莲娇娆动人，就与西邻王婆定计勾引。不久，事被小贩郓哥得知，告知武大，武大赶至王婆家，西门庆反将武大踢伤，又协同潘金莲将武大毒死。武松公干回来，看出破绽，特备水酒邀请众亲邻问讯，追出了真情，向官衙告状。可是县官受了西门庆贿赂，反打了武松四十大板。武松义愤填膺，赶至狮子楼将西门庆杀死，回家又杀了潘金莲，报了杀兄之仇。

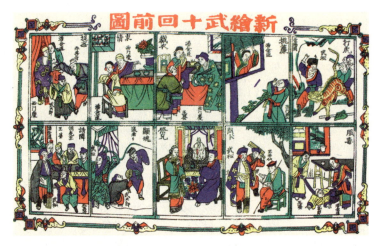

新绘武十回前图／桃花坞年画

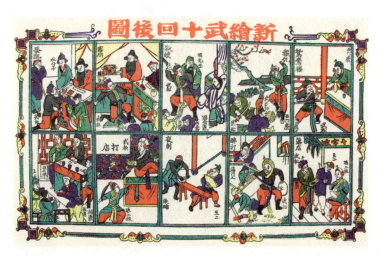

新绘武十回后图／桃花坞年画

武松

武松 / 绵竹年画

黑旋风李逵

　　李逵嫉恶如仇，侠肝义胆，直爽率真，但脾气火爆，头脑简单。关于他的经典故事有真假李逵、中州劫法场。

　　他长相黝黑粗糙，一生憨直，善使两把大斧。排梁山泊英雄第二十二位，是梁山步军第五位头领。宋江被发配江州，吴用写信让江州两院押牢节级戴宗照应。戴宗、李逵奉宋江、吴用之命，离高唐州去蓟州找公孙胜。一天到素面店吃饭，从一老人口中得知公孙胜在九宫县二仙山。戴宗去见，被公孙老母回绝。戴宗叫李逵去屋里打闹，公孙胜只好

李逵夺鱼／潍县年画

出来，以老母年迈，罗真人不放为由不去梁山。李逵于五更偷去松鹤轩，斧劈罗真人。罗真人使白手帕捉弄李逵，使李逵被押蓟州牢中。戴宗再三央求，罗真人才又派黄巾力士从蓟州牢中救李逵回来。

花和尚鲁智深

鲁智深，本名鲁达，绰号"花和尚"，梁山泊第十三位好汉，是步军头领之首。他嫉恶如仇，侠肝义胆，粗中有细，勇而有谋，豁达明理。经典故事有：拳打镇关西、倒拔垂杨柳、大闹野猪林。

因见郑屠（外号镇关西）欺侮金翠莲父女，三拳打死了镇关西，被官府追捕，逃到五台山削发为僧，改名鲁智深。鲁智深忍受不住佛门清规，醉打山门，毁坏金身，被长老派往东京相国寺，看守菜园，因将偷菜的泼皮踢进了粪池，倒拔垂杨柳，威名远播。鲁智深在野猪林救了林冲，高俅派人捉拿鲁智深，鲁智深在二龙山落草。后投奔水泊梁山，做了步军头领。宋江攻打方腊，鲁智深一杖打翻了方腊。后在杭州六合寺圆寂而死。

鲁智深大闹野猪林：林冲误入白虎堂，被发配沧州。陆虞候买通防送公人董超、薛霸，要于途中杀害林冲。薛霸、董超一路上百般折磨林冲。到了野猪林，薛、董将林冲绑在树上，正要用水火棍打死林冲。危急关头，鲁智深出现，在野猪林救了林冲，本要杀了董、薛二人，被林冲制止，后亲自护送林冲到沧州。

智多星吴用

吴用足智多谋，神机妙算。关于他的经典故事有智取生辰纲。

吴用平生机巧聪明，曾读万卷经书，使两条铜链。吴用为晁盖献计，智取生辰纲，用药酒麻倒了青面兽杨志，夺了北京大名府梁中书送给蔡太师庆贺生辰的十万贯金银珠宝。

智取生辰纲：杨志受梁世杰的派遣，押送生辰纲前往东京。五月中旬天气酷热难当，杨志却叫随从军士早出晚息，顶着烈日赶路，众人怨声载道。到了黄泥冈，众人不顾杨志的劝阻，放下车子休息。吴用等人化装成贩枣商人，也歇息在此。白胜装扮成卖酒汉子，沿路叫卖。杨志担心酒里有毒，不让军士买。吴用等人先买了一桶喝，再从另一桶里舀了一瓢并借机下了毒。杨志等人不明就里，糊里糊涂买了酒喝，结果一个个晕倒，生辰纲被吴用等人劫走。

青面兽杨志

杨志绰号青面兽。他精明能干，但粗暴蛮横。关于他的经典故事有杨志卖刀。

杨志是三代将门之后，五侯杨令公之孙，武举出身，官至殿司制使。因先后失陷花石纲、生辰纲，投鲁智深二龙山落草，三山入伙打青州后上梁山入伙，为山寨马军八骠骑兼八先锋使之一。

杨志卖刀：杨志来到东京，想补个殿司府制使职役，可高俅从中作梗，未能如愿。又因盘缠使尽，便忍痛卖祖上留下的宝刀，换些盘缠投往他处。却偏偏又惹上破落户毛大虫牛二这个泼皮，牛二三番五次刁难，又是拿刀剁铜钱，又是拔了自己的头发做实验，还蛮不讲理地要求杨志剁个人试试，杨志说剁狗，可牛二就是不肯，硬跟杨志杠上，目的就是白要这把宝刀。杨志大怒，两人打了起来，杨志杀了牛二。杨志请求街坊作证，到开封府自首，结果被充军，宝刀也没入官府。

小李广花荣

　　花荣，是清风寨副知寨，生得英俊潇洒，非常威武，又射得一手好箭，人们将他比作汉代的飞将军李广，世称"小李广"。他的英武、儒雅、机智与干练让人十分喜爱，且有百步穿杨的绝技，是梁山泊好汉中一等一的高手。因为箭在古代是远兵器，上阵作战作用巨大，所以花荣在梁山的地位也非常高，排名在第九位。花荣出身军门世家，不仅箭法高明，且足智多谋，更有十足的江湖义气。关于他的故事，有清风寨力救宋江、摆疑阵活捉秦明、盖州活捉山士奇。

　　清风寨力救宋江：宋江在清风山救了清风寨知寨刘高之妻后，来到结义兄弟清风寨花荣处小叙。不料在清风镇上看灯时，被刘高的妻子认出，刘高的妻子认定宋江是清风山的强盗头子，令人将他抓了去。花荣得知消息后，派人去刘高府上要人，未果。花荣便背了弓箭，披挂上马，带了三五十名军汉，冲进刘高寨中救走了宋江。刘高愤愤不平，派了人来花荣处抢人。花荣放出话来，说自己要射出两箭，第一箭要射左边门神的骨朵头，第二箭要射右边门神头盔上的朱缨。这两箭不偏不斜全都射中。刘高手下颇为害怕，便一哄而散。宋江由此得救。

水泊梁山
小李广花荣

小李广花荣 / 绵竹年画

佳 作 赏 析

鲁提辖拳打镇关西（节选）

　　郑屠右手拿刀，左手便要来揪鲁达；被这鲁提辖就势按住左手，赶将入去，望小腹上只一脚，腾地踢倒在当街上。鲁达再入一步，踏住胸脯，提起那醋钵儿大小拳头，看着这郑屠道："洒家始投老种经略相公，做到关西五路廉访使，也不枉了叫做'镇关西'！你是个卖肉的操刀屠户，狗一般的人，也叫做'镇关西'！你如何强骗了金翠莲？"扑的只一拳，正打在鼻子上，打得鲜血迸流，鼻子歪在半边，却便似开了个油酱铺，咸的、酸的、辣的一发都滚出来。郑屠挣不起来，那把尖刀也丢在一边，口里只叫："打得好！"鲁达骂道："直娘贼！还敢应口！"提起拳头来就眼眶际眉梢只一拳，打得眼棱缝裂，乌珠迸出，也似开了个彩帛铺，红的、黑的、紫的都绽将出来。两边看的人惧怕鲁提辖，谁敢向前来劝。郑屠当不过，讨饶。鲁达喝道："咄！你是个破落户！若只和俺硬到底，洒家倒饶了你！你如今对俺讨饶，洒家偏不饶你！"又只一拳，太阳上正着，却似做了一个全堂水陆的道场，磬儿、钹儿、铙儿一齐响。鲁达看时，只见郑屠挺在地上，口里只有出的气，没了入的气，动弹不得。鲁提辖假意道："你这厮诈死，洒家再打！"只见面皮渐渐地变了。鲁达寻思道："俺只指望痛打这厮一顿，不想三拳真个打死了他。洒家须吃官司，又没人送饭，不如及早撒开。"拔步便走，回头指着郑屠尸道："你诈死，洒家和你慢慢理会！"一头骂，一头大踏步去了。

点悟·絮语

　　四大古典名著中，《三国演义》《水浒传》备受百姓喜爱，在民间有大量读者，不少人一生好读好说这两本书，达到了痴迷、精通的地步。民间年画艺术也反映了老百姓的这种情感和态度。"三国热""水浒热"之所以数百年长盛不衰，是因为这两本书让百姓在阅读时产生"痛快""过瘾"的感觉。首先是两书极为生动地诠释了中国古代人民的价值观，如《水浒传》里面的崇尚忠义、嫉恶如仇、除暴安良、路见不平拔刀相助、智勇兼备等优秀人格品质。其次是两书塑造人物形象的艺术水平极高，《水浒传》里一百零八人个个性格鲜明，形象突出，其中十数人尤为人民群众所喜爱。最后是作者很会讲故事，书中有许多叙述故事的高超技巧，极大地提高了作品的可读性、观赏性。

第八章

智勇双全

——齐天大圣的故事

来 龙 去 脉

《西游记》概况

　　《西游记》是中国古典四大名著之一，中国古代第一部浪漫主义长篇神魔小说。自《西游记》问世以来，广受读者喜爱，各式各样的版本层出不穷。鸦片战争以后，《西游记》也传入西方，并出现了各种语言的译文，如今已是全世界最受欢迎的中国古典文学之一。

　　书中故事主要来自《大唐西域记》和民间传说、元杂剧。小说主要描写了孙悟空、猪八戒、沙和尚三人保护唐僧西行取经的过程。唐僧从投胎到取经遭遇了八十一难，师徒四人一路降妖伏魔，九九归一，终于到达西天见到如来佛祖，取得真经，功德圆满。

　　《西游记》的作者是明代小说家吴承恩。吴承恩生活在明代的中后期，历经明武宗正德、明世宗嘉靖、明穆宗隆庆、明神宗万历四朝。明代中后期时，社会矛盾已逐渐激化，文化思想上出现了心学，小说和戏曲的创作也进入一个

西游记／武强年画

全面繁荣的兴盛时期。作者虽然描写的是神妖魔怪的故事，但实际上却暗喻了当时的社会现实。

《西游记》情节脉络

孙悟空出世

　　东胜神洲有一座山名叫花果山，山顶有一石头，受日月精华，生出一只石猴。这只石猴闯入花果山水帘洞，被花果山众猴推举拜为"美猴王"。石猴为学本领，四海求师，在西牛贺洲得到须菩提祖师的指点，得名孙悟空，学会地煞数七十二般变化，一个筋斗云可行十万八千里。

花果山猴王开操／桃花坞年画

因无称心的武器，孙悟空便去东海龙宫借宝。龙宫借宝，名为借宝，其实就是拿。龙王吩咐抬出一杆九股叉来，悟空一用，放下道："轻！轻！轻！又不称手！再乞另赐一件。"龙王大惊，因为这叉已经是三千六百斤！又着提督鲤总兵抬出一柄画杆方天戟。那戟有七千二百斤重。悟空一用，还是嫌轻。龙王害怕，说再也没了。龙王许诺，如果猴王能拔出龙宫的定海神针——如意金箍棒，就奉送给他。孙悟空最后拿到定海神针，重一万三千五百斤，不但用着称手，而且能大能小，于是悟空把它化作绣花针，藏在耳朵里，好不得意。

龙宫借宝／凤翔年画

齐天大圣／佛山年画

当猴王孙悟空拔走宝物后，龙王反悔，并去天宫告状。玉帝采纳了太白金星的主张，诱骗猴王孙悟空上天，封他为"弼马温"。孙悟空知道受骗后，一怒之下返回花果山，竖起"齐天大圣"的旗帜，开始在花果山训练众猴，与天宫对抗。天宫看无法收服孙悟空，便又封他为"齐天大圣"，让他去看管蟠桃园。孙悟空在天宫看管蟠桃园时，偷吃了园里的蟠桃，发现王母娘娘的蟠桃大会并没有请他，一怒之下大闹天宫。

玉皇大帝遂请如来佛祖出面，将孙悟空压至五行山下。

师徒四人取西经

如来佛祖说南赡部洲贪淫乐祸，多杀多争，派观世音菩萨去东土寻一取经人，去往西天取经，以大乘佛法劝化众生。观世音菩萨在流沙河、云栈洞、五行山分别度化沙悟净、猪悟能、孙悟空三人，将来做东土取经人的徒弟，又度白龙给取经人做脚力。

唐太宗开科取士，海州陈光蕊得中状元，被丞相殷开山之女殷温娇抛球打中，做了佳婿，但在去江州上任途中被贼艄刘洪、李彪谋害。殷温娇产下一子，抛流江中，被金山寺法明和尚所救，取名江流，十八岁受戒，法名玄奘。后玄奘母子相见，报了前仇。泾河龙王因赌卦少降雨水，触犯天条当斩，求唐太宗救命。太宗的谏臣魏徵梦斩泾河龙王，太宗魂魄被迫入阴司对证。还生后修建"水陆大会"，请陈玄奘主行法事，开演诸品妙经。观世音菩萨显像，指化陈玄奘去西天取真经。

唐太宗认玄奘为御弟，赐号三藏（印度佛教圣典分为三类：经藏、律藏、论藏）。唐三藏西行，出离边界即落入魔洞，得太白金星解救。在五行山揭去如来的符咒，救出孙悟空，赐号行者。因孙悟空打死劫经的强盗，唐僧数落他，孙

唐僧奉旨西天取经／高密年画

悟空一怒离去，观世音菩萨化作老母，传给唐僧一顶嵌金花帽，一道紧箍咒，哄骗悟空戴上金花帽，金箍嵌入肉中。唐僧念动咒语，悟空就头疼难忍，以此为唐僧控制悟空的手段。师徒二人西行，在鹰愁涧收服白龙，白龙化作唐僧的坐骑。行至高老庄，庄主女儿被一长嘴大耳妖怪强占。悟空追赶妖怪来到云栈洞，得知妖怪为天蓬元帅，因调戏嫦娥被贬下界，误投猪胎。经观世音菩萨收服，赐名猪悟能，在此等候取经人，遂引其拜见唐僧，赐号八戒，做了唐僧的第二个徒弟。在流沙河中，他们又收服了观世音菩萨赐名沙悟净并令其在此等候东土取经人的水怪，并赐号沙和尚，做了唐僧第三个徒弟。此后师徒四人跋山涉水，西去取经。

三藏收徒 / 凤翔年画

通天河/凤翔年画

求真经/凤翔年画

到达灵山得真经

师徒四人历尽千辛万苦，经历了重重磨难，降伏各路妖魔鬼怪，终于来到了灵山圣地，拜见佛祖，却因不曾送人事给阿傩、迦叶二尊者，只取得无字经。上古燃灯佛派白雄尊者提醒，唐僧师徒又返回雷音寺，奉唐王所赠紫金钵做人事，这才求得真经三十五部五千零四十八卷返回东土。不想九九八十一难还缺一难未满，在通天河又被老龟把四人翻落河中，湿了经卷。唐三藏把佛经送回长安，真身又返回灵山。三藏被封为旃檀功德佛，悟空、八戒、沙僧和白龙马也均受封，五圣成真，共享极乐。

六月量经／凤翔年画

《西游记》经典故事

大闹天宫

身高力大的先锋巨灵神，敌不过乖巧伶俐的孙悟空，哪吒足踏火轮赶来救援，也被打得丢盔卸甲。玉帝只得二次招悟空上天，准他为齐天大圣，并派他掌管蟠桃园。王母娘娘要开"蟠桃盛会"，七个仙女到园中采摘仙桃。大圣听说王母娘娘没有邀他参加盛会，便驾上祥云，直奔瑶池宝阁。他痛饮仙酒，偷吃仙丹，带走仙桃，回转花果山。在观世音菩萨的推荐下，玉帝派二郎神收缴悟空。悟空与二郎神各显神通，大战不休，不分胜负。太上老君从空中抛下金刚套，将悟空打倒。玉帝命天兵将悟空押上斩妖台，刀砍斧剁，雷打火烧，却丝毫无损。群仙献策，太上老君将悟空带回兜率宫，投入八卦炉中，用三昧真火烧炼，不料过了四十九日，猴王依旧活蹦乱跳地蹦出丹炉，并练就一双火眼金睛。猴王盛怒之下，打上灵霄宝殿。

计收猪八戒

高老庄里发生了一件怪事。高小姐被官府抢走，高老汉夫妇一路哭喊，惊动了正在草丛中酣睡的猪悟能。老猪救出高小姐。高老汉夫妇招赘悟能为女婿。酒宴上，悟能酒醉现出真容，吓走了宾客，高小姐也拒不同房，悟能只能将高小姐锁在后花园，不许她与父母家人见面。悟空与师父来庄投宿。悟空使用巧计，弄清了猪悟能的来历。猪悟能曾是天蓬元帅，只因调戏嫦娥，被罚下界，错投了猪胎，经观世音菩萨点化，等候取经人。唐僧收他为徒，给他取名猪八戒。

高老庄八戒招亲／高密年画

猪八戒将（娶）媳妇／平度年画

三打白骨精

白骨精一心想吃唐僧肉，但又害怕孙悟空火眼金睛识破本相，于是分别变化为村姑、老妇和老翁，以求打动唐僧的怜悯之心。唐僧果真上了白骨精变化攻心的当。但白骨精三次变化均被孙悟空识破，被孙悟空用金箍棒打"死"。唐僧认为孙悟空滥杀无辜，决心赶走悟空。一纸贬书在手，悟空热泪双流。唐僧想起往日师徒之情，也不免伤心落泪。

白骨洞／凤翔年画

三打白骨精／红船口年画

三借芭蕉扇

火焰山阻挡着唐僧师徒西进的去路。只有铁扇公主的芭蕉扇才能灭火、生风、下雨。猴王以为与牛魔王有结拜之情，借扇定能如愿，谁知反被公主挥动宝扇，将他一扇九万里，直扇到小须弥山。悟空二次借扇，变作小虫，随茶水进入公主肚中，公主疼痛难忍，只得答应借扇。谁知借来的却是一把假扇，愈扇火愈大。悟空变作牛魔王形状，第三次去到芭蕉洞，公主责怪牛魔王不该迷恋玉面狐狸，后又将宝扇交付"丈夫"保管。悟空得扇，欢天喜地地走下山坡。真牛魔王得知宝扇被骗走，也连忙追赶悟空，他变成八戒模样，又拿走了扇子。悟空十分懊恼，与牛魔王一场酣战，牛魔王苦战不胜，铁扇公主终于答应借扇。火焰山烈火熄灭，林木返青，唐僧师徒又能够前进了。

盗芭蕉扇／凤翔年画

行者计取芭蕉扇／平度年画

错坠盘丝洞

　　唐僧独自化斋，错入蜘蛛精洞中，欲逃不能，被蛛丝缠住。悟空前去救援，见蛛女们去濯垢泉洗澡，不便下手打斗，只作法取走蛛女纱衣。八戒闻讯，赶至泉中，与蛛女们水中战斗，不料也被蛛女用丝缠住。蛛女们命小妖扛抬唐僧，到黄花观师兄家去蒸食。悟空等打死小妖，救下师父。师徒们前行，来到黄花观。观主正是蛛女们的道兄多目怪。他用毒茶加害唐僧师徒，被悟空识破。打斗中，多目怪施放金光，罩住悟空。悟空变作穿山甲，才得遁去。后受黎山老母指点，悟空去紫云山千花洞，请来毗蓝婆，才收服多目怪蜈蚣精及众蛛女。

蜘蛛洞

蜘蛛洞／桃花坞年画

知 识 广 角

《西游记》中最受人喜爱的人物——孙悟空

《西游记》中的孙悟空又名美猴王、孙行者，系东胜神洲傲来国花果山灵石孕育迸裂见风而成之石猴，在花果山占山为王三五百载，后历经八九载，跋山涉水，在西牛贺洲灵台方寸山拜须菩提为师，习得七十二般变化等本领。此后，孙悟空大闹天宫，自封为齐天大圣，被如来佛祖压制于五行山下，无法行动。五百年后唐僧西天取经，路过五行山，揭去符咒，才救下孙悟空。孙悟空感激涕零，经观世音菩萨点拨，拜唐僧为师，同往西天取经。

孙悟空具有非凡的智慧、才能，具有识破一切伪装的火眼金睛和清醒的头脑。唐僧不辨真伪，廉价同情，猪八戒贪吃爱色，得机就说悟空坏话。在"三打白骨精"一事上，只有悟空一人是清醒的，但身蒙诬枉却又不容分说，只好当机立断地把同一白骨精所变幻的三个假象一一杀死，充分显示了他的智慧和才能。

　　小说中的孙悟空生性聪明、活泼、勇敢、忠诚、疾恶如仇，在中国文化中已经成为机智与勇敢的化身。孙悟空的主要特点是藐视一切封建权威的叛逆精神，表现在他的"三闹"上。他一闹龙宫。强取大禹治水时用过的重一万三千五百斤的神铁——"如意金箍棒"。二闹地府。令冥王拿出生死簿，勾掉了猴族的名字，取得了"不生不灭，与天地齐寿"的权利。三闹天宫。经龙王和冥王上告到天庭，玉帝把他招到天宫，封了个"弼马温"的官职。不久，他看穿了封他为弼马温的骗局后，一怒之下返回花果山，竖起"齐天大圣"的旗帜，与天宫对抗。玉帝发怒，命李天王率天兵天将捉拿猴王，结果被猴王打得大败而归。孙悟空大闹天宫，闹中有精神，闹中有文化。这精神与文化，有学者用四句话概括：戏弄神鬼，不甘受辱，追求尊严，藐视皇权。

点悟·絮语

《西游记》作为明朝中叶的小说，在一定程度上反映出当时的宗教文化和宗教思想。这部小说中佛教、道教、儒教三种文化融合在一起，反映出当时三教合流的社会思想。究其根源，应是受当时的陆王"心学"以及政治、经济、文化等方面的影响。而小说对宗教的戏谑嘲讽则反映出中国人独特的宗教信仰和当时社会个性解放的启蒙思想。

文学作品都是一定社会生活的反映，作为神魔小说杰出代表的《西游记》也不例外。正如鲁迅先生在《中国小说史略》中所指出的，《西游记》"讽刺揶揄则取当时世态，加以铺张描写"，"作者禀性，复善谐剧，故虽变化恍忽之事，亦每杂解颐之言，使神魔皆有人性，精魅亦通世故"。的确如此，透过《西游记》中描写的虚幻的神魔世界，我们处处可以看到现实社会的投影。